从潮汐到潮汐

吉卜林 著

马永波 张云海 译

图书在版编目（CIP）数据

从潮汐到潮汐 /（英）吉卜林（Kipling,R.）著；马永波，张云海译. — 南京：江苏文艺出版社，2012.9
（诺贝尔文学奖获奖者散文丛书：青少年版）
ISBN 978-7-5399-5478-3

Ⅰ.①从… Ⅱ.①吉… ②马… ③张… Ⅲ.①散文集—英国—现代 Ⅳ.①I561.65

中国版本图书馆 CIP 数据核字(2012)第 177126 号

书　　名	从潮汐到潮汐
著　　者	（英）吉卜林（Kipling,R.）
译　　者	马永波　张云海
责任编辑	孙金荣
出版发行	凤凰出版传媒集团
	凤凰出版传媒股份有限公司
	江苏文艺出版社
集团地址	南京市湖南路 1 号 A 楼，邮编：210009
集团网址	http://www.ppm.cn
出版社地址	南京市中央路 165 号，邮编：210009
出版社网址	http://www.jswenyi.com
经　　销	凤凰出版传媒股份有限公司
印　　刷	江苏凤凰通达印刷有限公司
开　　本	652×960 毫米　1/16
印　　张	11.25
字　　数	95 千字
版　　次	2012 年 9 月第 1 版　2013 年 7 月第 2 次印刷
标准书号	ISBN 978-7-5399-5478-3
定　　价	19.00 元

（江苏文艺版图书凡印刷、装订错误可随时向承印厂调换）

目　录

从潮汐到潮汐 ························ 001
　　看见了莫纳诺克山 ················ 003
　　穿越大陆 ····························· 014
　　东方的边缘 ························· 028
　　我们在海外的同胞 ················ 039
　　地震 ··································· 048
　　一些图画 ····························· 057
　　勇敢的船长 ························· 065
　　一面之辞 ····························· 074
　　几篇冬日笔记 ······················ 084
给家人的书信 ························ 097
　　通向魁北克之路 ··················· 099
　　回到家乡的人们 ··················· 108
　　城市与空间 ························· 116
　　报纸和民主 ························· 126
　　劳动力 ······························· 136
　　幸运的城镇 ························· 146
　　山峦和太平洋 ······················ 157
　　结论 ··································· 168

从潮汐到潮汐

（1892）

看见了莫纳诺克山

穿过大西洋灰色阴郁的天气,我们的航船到达了美国,陡然沐浴在冬天的阳光中,眼睛因不适应而眨动。纽约人毫不谦虚地说:"这不算是我们典型的好天气。等到某某时候到本城的某某地方看看!"我们满足地,甚至不仅仅满足地,在明亮的街道间漫游,心中却有点纳闷,为什么最好的光线却浪费在世界上最糟的人行道上。我们绕着麦迪逊广场转了一圈又一圈,因为那里到处都是衣着漂亮的孩子在玩啦啦歌游戏;或者恭敬地注视宽肩狮鼻的爱尔兰裔警察。无论我们走到哪里,到处都是阳光,慷慨而丰沛,一天持续九个小时,把周围的景物映照得轮廓清晰,涂抹得色彩斑斓。任何宣称这里的气候闷热,似"亚热带"的人,都令人难以置信。这不,有人跟我们说,"要想看到什么叫气候,往北走,去新英格兰地区。"于是,在一个明媚的下午,纽约被甩到了身后,连同它的喧嚣和喋喋不休,它的复杂的气味,它过热的房间,以及它精力

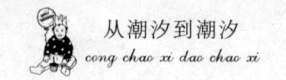

过于充沛的居民,火车奔向白雪披盖的北方。好像车轮只转动了一下,白雪就席卷而来,埋葬了冬天死亡的野草,把枯瘦树影之下冻结的池塘变成一池一池的墨水。

天光转暗之时,一个满是木制房屋的、白色覆盖的呆板小镇,从车窗前滑过。火车的灯光落到一个正要转过街角的雪橇上,赶雪橇的人裹在毛皮衣服里,只露出鼻子。我们都很熟悉图片上雪橇的样子,而实际生活中,它是一个多么不同的交通工具!但对此最好不要过分好奇,因为,同样一个对穿着短裙、赤裸膝盖、挂着皮袋的苏格兰士兵充满讶异的美国人,会笑话你对"仅仅一个工具"的好奇心。

火车上的工作人员——当然,如果没有一批高贵的跟车工、乘务员、卧铺车乘务员、黑人搬运工和报童,伟大的美国就会无所适从——在吸烟室伸展着四肢,讲些令人愉快的故事——例如雪一路覆盖到蒙特利尔;四个发动机,加上铲雪车在前,拉着车厢在三十英尺深的积雪中绝望地挣扎行走;以及在温度计指向冰点以下三十度的时候,走过货车顶部去刹车的乐趣。"杀个人都比给运货列车踩刹车容易多了。"跟车工说。

零下三十度!难以想象,直到你夜半置身其中。第一个震荡来自清冽、静止的空气,你感觉就像一下子跃入大海之中。坐在羊毛布上的海象是我们的主人,他把我们绑裹进山羊皮大衣,棉帽及耳,水牛皮外罩和毯子,然后是更多的水牛皮外罩,直到我们也看上去像海象,移动时像海象一样优雅。夜晚像新磨的剑一样锋利。呼吸凝结在衣领。鼻子木然无感觉,眼睛苦泪盈盈,因为马匹急着赶回家,而在零下的温度旋风般急行会刺激泪腺。雪橇铃铛叮叮当当,雪窒息了马蹄的声响,只有马儿滑行在不均匀的死一样静寂的雪野时偶尔发出的几声鼻息,我们就像行驶在梦境一般。康涅狄格河还保持着它的航向,在密实的冰层中形成一条黑魆魆的通道。我们可以听到水流在小冰山周围撕咬。除此之外,月亮之下全是雪——雪积累到石墙的高度,有时在它顶部卷起凝结的白银形状;雪在路两边筑起高岸,或重压在林中的松树和铁杉上,比较而言,林子里似乎温暖得如同温室。美得难以言传,大自然大胆的带有日本画风格的黑白素描,根本不顾及透视关系,并且月亮时不时地用那跳动不安的画笔更改着这里,变动着那里。

早晨,画面的另一面在阳光下露出色彩。从没见过一朵云停栖在白色地平线上,像一块青玉落在白色天鹅绒上。纯白色的山包,点缀着毛茸茸的林子,从平展展的白色田野挺起,阳光放纵地挥洒在它们上面,刺得眼睛生疼。向阳的山坡上,这里那里,白天的温暖——几乎华氏四十度——和夜里的寒冷共同作用,弄出一些光秃秃闪亮的硬壳。但大多是松软的粉状物,成千上万的晶体捕捉辉映着阳光,又把光成倍数地增加放大。穿过这一富丽

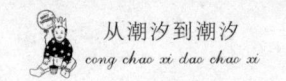

堂皇的画面，满不在乎地，一辆由两匹毛发蓬乱的红牛拉的木制雪橇（木头没有去皮，雪粒在上面闪着宝石的光芒），大摇大摆地沿路而来，笼罩在一团呼吸形成的灰白云团之中。在这里，如果把载人雪橇和载重雪橇混为一谈，说明你没有经验。我仍然认为，想要用所谓科学的扭动尾巴的方法赶牛没有价值。赶雪橇的人戴着红手套，皮质长靴及膝，好像银灰色浣熊皮的大衣披在身上，走在雪橇旁，嘴里喊着："吁——呃！"像极了美国故事中描述的样子。他的口音让人明白了许多与方言有关的事情，对许多人来说，这种口音顶多是一种折磨。当我听到了长长的、不慌不忙的佛蒙特口音后，我产生了一点疑惑，我疑惑的不是新英格兰的故事应该用他们所谓的英语印制出来，而是它们不应该出现瑞典语和俄语版本。我们的字母表太有限了。法律上，这片默默无闻的地区归属于美国，但是，它的新英格兰故事和写故事的女士们却在全世界闻名。你只要看到雪中刷得粉白的木屋，简朴的校舍，以及人们——农场上的男人，和同样辛苦工作因此缺少生活乐趣的女人——就马上能体会到这一点。还有其它的房屋也让你产生同样的感受，这些房屋精心粉刷，屋顶古雅，要么属于某法官，要么属于某律师，或银行家——一个坐落于铁路边的六万人的城市的全部权力都集中于此。从当地报纸的公告栏里，你更强烈地感受到这种氛围。那些发布不同教派举办的"鸡肉晚餐"和"教会社交"的公告,与亲切友好的引人兴趣的文字挤在一起,显示出乡村生活(没有相互残杀)那骇人的亲密。

那些居住在老房子的老派守旧的人,生于斯,长于斯,不会为任何理由居住于本镇之外。只有来自南边波士顿的疯傻的男女们,才在离主干道(只有四百码长,本镇生活的中心)二三英里的旷野筑室而居。对于那些陌生人,尤其是那些不在"大街上",即镇上购买日常用品的人,本镇几乎不跟他们打交道。但镇上的人却对他们的生活,乃至隐私,了如指掌。他们的衣饰,牲口,观点,他们孩子的举止,他们对仆人的态度,以及一切可以想象的事情,都在主大街上传播,消化,谈论,再谈论。佛蒙特的智慧,因不能总是微妙地抓住别人生活中的难题,有时候也犯可怜的错误,而本镇却由道听途说来决定它的思维定势。因此,你将看到,世界上特定大小的镇与镇,村与村之间,实际上没有多大区别。农夫谈的是他们的农场——购置,银行按揭,销售,地权,地界,及马路税。最后一次我听到这样的谈话是在新西兰野马平原的边缘,在离最近的邻居二十英里的地方,一对农场夫妇坐到夜半,讨论美国佛蒙特主大街的同行们关心的同样的事情。

有个人在这一带做了很多工。他是个农场能手,在离铁路十五至二十英里的一个小村庄长大。他很勇敢地漫游到这里。镇上主干道的繁忙和骚动,电灯的耀眼光芒,五层楼的商业区域,让他感到压抑和恐惧。他找到了一

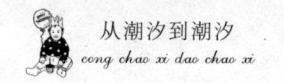

个远离这些让人精神错乱的便利和享受的农场工作,他说,"纽约有人给我一份面包房的工作,月薪二十五美金。但是,你别想把我弄到纽约。我已经看到纽约是个什么样子,不是吗?把我吓坏了。"他的擅长是拖拉干草,喂养牲口。冬天的农场并不意味着悠闲,像书中写的那样。一个小时就是六十分钟的工作。好像牲口永远都需要吃和房子住。小马驹要拉出去饮水,必要的话,破冰才能做到。刚刚做完为夏季储存冰块的工作,又开始了往家里拉运生火用的木材的劳作。新英格兰地区依赖林木作燃料。树在秋天叶子凋落之前打上标记,过一段时间伐倒,然后截成四英尺的木桩,一旦雪适合雪橇行驶,就拉到储存燃料的屋子。然后,才可能照料农场的活计,一个农场,就像一个拱门,从来没有休息。稍后,生产枫树糖浆的季节到了。高大的枫树接上了管子,引出了浆液,浆液流入绕在树周围的模样滑稽的小桶里(这一不成比例的想法可能来自用套管挤牛奶),糖浆又倒入大锅。之后(这是"熬树浆聚会"的时候)你把滚烫的糖浆倾入满是新鲜白雪的锡罐,让它凝固变硬,男孩和女孩在旁边假装帮忙,弄得自己黏糊糊的,然后,一起做爱。甚至有专利的糖浆蒸发器的介绍也不会终止他们的调情与交合。

　　这里可以与之做爱的男人很稀少;在纽约这样的城市,有自己的工厂,而且工厂位于情人安息日步行的范围,情况就不同了。而这里的强壮男人都走了——到遥远的西部去追寻财富运气,妇女则留下——妇女总是必须留下。孩子离开后,老人和妇女就得努力打理农场的事情,得不到一点帮助。生活就是劳作和千篇一律。有时候,某些女子会因这种生活神经失常,以至于当地人口统计报告上会留下一笔。我们经常希望她们死了。在有些重体力劳动不是很繁重的村子,妇女们形成文学社团和小圈子,寻找安慰和寄托,因此用她们特有的方式积累了一些智慧。她们的方式并不总是可爱的。她们渴望这样的事实和知识——她们跟上了文化时尚和形势,在某个时候她们读了一本应该读的德语书或意大利语书,或者以适当的方式读了适当的书。无论如何,有事情做使她们像是在做些事情。据说,新英格兰的故事难解而狭隘。哪怕对这里铁板一块的生活的远远一瞥,也证明那些作者是正确的。你可以用一千种方法切开一个坚果,仅仅是因为坚果外壳太坚硬。

在去往绿色山脉二三十英里的路上,散落着一些悲惨故事的结尾章节——几十个被遗弃的农场。土壤贫瘠,如果有人工作,尚可以撑持,现在被遗弃在山坡上。农场往外,是荒芜的树林,熊和鹿仍然能在这里不受打扰地生活。甚至河狸都忘了自己是狩猎的对象,在这里筑起了小屋。这些事情出自一个男人之口,他爱这片树林完全是因为林子本身的缘故,而不是因为这里可以狩猎。这是一个安静的、说话缓慢的西部人。他穿着雪鞋在积雪

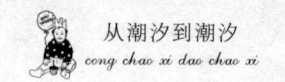

中跋涉，当我向他借用鞋具并试着行走时，他勉强抑制笑出声来。这个巨大的像捆绑了牛皮的草地网球棒的东西，实在难以调动。如果你忘了保持高高的跟部贴地，并在雪地上拖曳着走，你就会四脚朝天，像一个落入深水的人，救生带绑在脚踝上。当你失去平衡，不要想去恢复，只有往尽可能大的空地倒下，半跪半坐。当你掌握了技巧，可以灵敏地交替滑动两只脚，就是说，划桨一样在十英尺深的积雪上滑行，并体会到在掩埋的篱笆旁边抄近路的刺激，就值得让脚踝痛苦一番。这个西部人给我解释了一些雪地上的行踪——狐狸（这里到处是狐狸，人们用枪打它们，因为骑马是不可能的）留下什么样的踪迹，迂回曲折像个小偷；狗没有任何可以羞耻的，所以张开四腿往前冲；浣熊和松鼠在冬天进入冬眠；鹿群越过加拿大边界南下，踩踏出一条深深的通道，在这里，好奇的人们拿着照相机等候在它们的必经之地。有时一只鹿跌跌撞撞陷入雪中，这些人就抓住它的尾巴，使他们能更好地捕捉鹿惊慌的样子。他还告诉我，新英格兰人的举止和习俗以及他们如何在西部沿着新铁路线繁荣进化，那里的公司为同一目的相互竞争达到几乎和内战近似的程度；不远有一个叫卡勒多尼亚的地方，住着苏格兰人，他们与新英格兰人做交易时，会做些让步。但这些生在美国的苏格兰人，仍然用他们这个节俭民族的方式命名他们的村镇。这些故事新鲜而趣味盎然，就像这双嘎吱作响的雪鞋和山野令人晕眩的寂静一样。

在最远的山脊那边，松树变成淡蓝色，像薄雾，一座孤独的山峰——一个真正的大山而不是丘陵——像一个巨大的拇指指向天空。

"那就是莫纳诺克，"西部人说，"所有的山峦都有个印第安人的名字，你出镇时就在右边见过一个，叫万塔斯提奎特。"

你明白一个词穿越许多年头，和许多不相干的事物产生关系，最后会发生什么。在风格和诗歌让我感兴趣之前，我已在拙劣的模仿爱默生风格的文字中见过莫纳诺克山。我之所以记住它是因为它的韵脚：

以莫纳诺克的顶峰
冠绝时代，
我伸展翅膀
由东及西

后来，就像美索不达米亚激发起我们探寻的兴趣一样，同一个词，引我走向并通读爱默生，最终登上他诗中描述的山峰——这一智慧的老巨人"忙着他和天空的事情"，他让我们理智清醒，从尘世的琐事中解脱出来，只要我们相信他。所以，莫纳诺克意味着帮助，治疗，和充满寂静，当我看到他逶迤连绵半个新罕布什尔州的时候，他

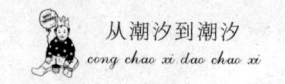

没让我失望。在那绝对宁静之中，一根铁杉树枝因雪的压迫，轻轻地，疲惫地叹息一声，向下弯下了一两尺。雪滑落了，这个小树枝点着头，弹回它的同胞之中。

为荣耀莫纳诺克，我们堆了一个释迦牟尼像，这个塑像太矮胖，两边也不均衡，但却有一个威严而静穆的腰部。他面对大山，和一些从路上过来的坐在木制雪橇上的人们，他们也面对着他。佛蒙特农民关于一个大肚皮神祇的惊异观点值得一听。他们并不为他的人种烦恼，因为他通体皆白。"但至少圆肚皮在这里可不合时宜。"他们说，偶尔带出一点咒骂。

第二天，一场暴风雪淹没了生活中所有的闲散和琐碎，打着旋的蓝色雪雾填满了山谷，压弯了枝头，你低头回避，但粉状的雪霰依然洒满全身。雪橇的轨迹被涂抹得干干净净。如果听之任之，自然母亲相当地整洁。她把每个锐角弄得浑圆，把陡坡填平，把白色的床单收拢，直到没有一点皱褶，连不愿睡觉的云杉和铁杉都不例外。

"现在，"西部人说，我们正赶着雪橇去火车站，唉，是的，又要去纽约，"我的雪橇留下的所有痕迹都消失了；但是，一个星期或一个月之后，等到雪融化了，它们又会出现，显示我到过什么地方。"

有趣的想法，是吧？想象一宗发生在荒凉林中的谋杀案。暴风雪掩盖了谋杀者的行踪，然而，一个星期后，不忠的雪线撤退了，一步一步暴露出这个该隐的踪迹——他的六英寸深的雪靴脚印——一步一个暗色圆形。

如果值得,关于铁路边的这个古怪小镇,有太多的要写。对外界来说,它的生活平稳地行进,就像双人座的四匹马拉雪橇。但是内部,仇恨、烦恼、妒忌,搅扰折磨着除神灵之外所有人的心。——最好还是记住莫纳诺克的教训和爱默生的话,"宙斯讨厌忙忙碌碌的人和干得太多的人。"

大街上传过来一个拉长的鼻音——一个农夫正在商店对面解开马缰绳,他站在那里,手中握着缰绳,对他的邻居也是整个世界发表他的意见——"安德森一家哪懂得什么礼节规矩!"

穿越大陆

很难回避一个大城市。整个大陆在等待我们穿越,因此,我们逗留在纽约,直到它就像家一样,离开它就是错误。此外,越是研究它,它越是古怪地变得糟糕。糟糕的人行道,糟糕的街道,糟糕的警察,如果不是海潮的帮忙,它的卫生设施的布局就更糟糕了。还没有人恰当地描述过纽约的管理,就是说,把它看成是肮脏的原始野蛮和粗心大意的豪奢结出的无能之果。好像不大可能有人去这样做,因为任何关于这些又长又窄的猪食槽一样街道的反思,都会被解释成对伟大美国人民精神和尊严的恶意攻击,导致愤怒的比较。然而,即使所有伦敦的街道变得崎岖不平,所有伦敦的街灯都破旧失修,也并不能排除纽约和桑给巴尔海滩及祖鲁人牛栏的近似。冲沟,洞口,圆石歪歪扭扭,路边石高出板岩路面二到六英寸;电车轨道高出路面二至三英寸;建筑材料散落半条街道;石灰,砾石,烟灰桶到处皆是;交叉路口运货马车和有篷马车争道;砍削的电线杆没有刷漆;歪歪扭扭的变形的街灯柱;最后,大量抛弃的赃物和混合的臭气,以至于冬天的风也不能把它们驱散——让人感觉相当远离"民主精神"或"伟大而兴盛国家的未来"。在任何其它地方,这都会被认为是邋遢、污秽和无能。在这里却不止一次被解释成是城市高速成长以及市民们令人羡慕的不拘小节所致。我们被告知,未来的某一天,一切都将得到控制和整顿。城市缺德的统治者将被旋风或龙卷风,或大众的愤怒咆哮卷走,每个人都会不约而同地选出正确的官员,目前不适当地付给扫大街的外国人的优厚薪水将归于他们,一切都会好起来。而同时,过去三十、四十、也许五十年,历届州长培植于子民身上的根深蒂固的无法无天,对公共责任的轻浮态度,公共道德标准的时而坚韧,时而柔软,漫不经心的对人命的无视——这些滋生于无效的法律和对过多事故与犯罪的熟视无睹的恶习——都将神奇地自动消失。如果连控制最自由的民众的因果法则都失效了,其它的法律会有多么糟糕。美国制造自己的法规。站在美国身后的是本世纪最血腥的战争的鬼魂。这场战争发生在一个和平的国土上,导因于长期对无法律状况的因循妥协,无视事情在走下坡,懒惰,对一切的盲目的漠视——除了每时每刻的物质需要——直到不可挽回,黑云压城,这时人们才说"这是一个不能预料的危机",并以上帝的名义自相残杀达四年之久。

从潮汐到潮汐

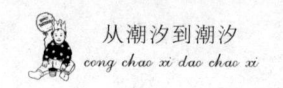

在一个异教的国家,三件事情被认为是社会的柱石——适当的关心人命的体面政府,司法(包括刑法和民法),以及良好的道路。而纽约这个基督教城市很轻视第一个——它的报纸、语言和行动证明了这一点;对于第二个,他们无耻地明码标价地买卖;而且,明显地,他们很满足于没有第三个。没有什么能阻止他们从进入城中的外地人口中讨取赞美之词,只是赞美——厚厚的、丰富的、奴性的赞美。如果这个陌生人保持沉默,他们就自己制造出颂词,并要对方的口说出来,因此,他们对待自己的城市——他们宣称要荣耀的土地——就像一个庸医对待自己的药丸。他们不知道,由于不真实和恶言谩骂,最终受伤害的是他们自己。

我们不能把城市全部的恶怪罪到控制这个城市的、多数出身于本土之外的绅士们头上。他们只不过发现了一批能为之所用的民众——这群人无法无天,对违法之事睁只眼闭只眼,只要他们能从中获利,而且,在悠闲的时光,他们还会有滋有味地品味一件巧妙的诈骗。然后,那些有教养的美国人说,"给我们点时间,给我们点时间,我们会进步的。"另外一些美国人,咄咄逼人,径直上前,把一张半卷的拙劣的市政文件塞到外国人的鼻子底下,把它作为完美工作的样品展示给别人。再也没有比和一个孩子坐一段时间,听他讲长大以后要做什么更逗乐的事了。但当同一个孩子,大声地、持续不断地、毫不脸红地要求赞美，又敏感得像所有变态的年轻人，在你面前用同一个语调重复同样的故事的时候，你开始渴望一些已完成和成型的东西——比如埃及和一个彻底死了的木乃伊。任何暗示美国最大的城市的政府是外来人为了对外来人专制而设立的，只偶尔被正派民众的反抗所缓和，这种说法既不体面也不可靠。只有中国人才洗涤其它国家的肮脏亚麻桌布。

圣保罗，明尼苏达

　　是的，再次离开纽约真好，又开始那古老而新鲜的职业——满世界地游荡和观摩陌生的城镇，从狗、孩子、婴儿车上学习东西，从陌生人花园里的花开花落追踪季节的变迁。圣保罗，这个达科他和明尼苏达的粮仓大门，对所有人来说意味着一切，除了明尼阿波利斯，圣保罗恨这个离她十一英里的城市，又不得不接受他的庇护。圣保罗把自己称作新西北部的都城，她的居民不仅戴生意场上的绸高帽，也戴西部的宽边帽。她讲一种与纽约不同的口音，表明我们已进入大陆深处。她的报纸与圣弗兰西斯科争论关税和铁路公司的竞争。圣保罗建城很多年了，如果你不小心闯入商业区，将满耳都听到她的历史，甚至更多。和许多城市一样，她顶级的宽阔郊区让人嫉妒。在这里你可以得到城市里得不到的——铺设平整的

从潮汐到潮汐

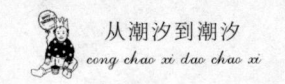

石板或沥青马路,两边种植了树木,整齐的人行道,散布的个性突出的房屋,不是粗野地用篱笆相互隔开,而是站立在修剪齐整的草坪上,草坪一直延伸到人行道边。早晨,这些街道永远都像星期天一样。电缆车已把男人送到城中工作,孩子在学校,比漫不经心的孩子大几倍的狗,躺着用鼻子拱冬天里干枯的草,奇怪什么时候会长出绿色的叶子。下午,孩子们骑着三轮车在沥青马路上来来回回地转,后面跟着狗。电缆车上了坡,把下班的人送到每个人的门口——他为自己建筑的房子的门口,虽然他经不住建筑师的煽动,加上了拙劣的塔形顶楼和无用的凉廊。很自然,黄昏吸引了成对成对的情侣沿着寂静的马路漫步。你可以从房子的样式准确判断出它建于什么时期。线锯时期,必要而得体地使用并不可爱的扭曲的栏杆和刺穿的山墙顶;殖民地风格狂热时期,是白漆和带凹槽的柱子;在最近的居家风格时期,是令人愉悦的混合物——染色的瓦片,窗户上覆盖着遮阳棚,可爱的回廊,往里凹陷的门。看到这些,你就会理解为什么到英国旅游的美国人对于古老的事物印象深刻。美国人在房子的设计、舒适度、经济以及(这一点最重要)节省人力的电器方面,领先英国不止一百年。从罗德岛的新港到加利福尼亚的圣迭戈,你看到的将都是同样的东西。

让我对林荫大道尽头的一所棕色小房子致以最后的敬意和赏识,这所小房子百叶窗低垂,一辆医生的单座马车停留在门口,房门上贴着一幅很大的蓝白标签,标签上标明的是:猩红热。啊,圣保罗的市政工作真是太杰出了!正是这些小事,而不是公共场所的大肆喧哗,引人注目,才显示出一个国家的伟大、自由和荣誉。今天晚上,人们将在火车上谈论明尼阿波利斯的小麦,比赛的准备工作,德卢斯港口通向大西洋的二十英尺深的航道。但比起那街道和门上的标签,这些都算不上什么了不起的事情。

一天之后

"五天前,你连一尺土都看不见,雪覆盖了一切。"站在车厢尾部的乘务员说。他说话的感觉就像是雪藏起了一些无价的东西。窗外所能看到的不过是:一道铁轨,一行歪歪扭扭的电线杆,在模糊的地平线上变成一个点。左右两边,一眼望去,是海一样无边的玉米田,等待春天的到来。偶尔看到一座农舍以及和农舍几乎一般大的收割机与捆草机。干草堆显示了去年的丰收,斑驳的黑土块告诉人们早春的耕作已经开始。残雪被风赶着在铁轨边打旋。从天边到天边,是黑土地和干枯的草场——似乎一年的阳光都不足以把它们唤醒。这是粮仓之所在,农场主们担当着养育国家的重任,也承受着大地和天空的单调,日复一日的千篇一律。因为要照料许多事情,他们

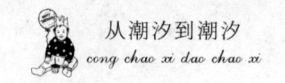

尚能保持头脑清醒，但他们的妻子，像佛蒙特的女人一样，有时会发疯。在巨大的自然的麦田中，很少有什么娱乐。据说，当玉米高及耳朵，风追逐着成片成片的影子，就会给那些除此之外没有什么可看的人造成晕眩。我听到一个女人噩梦般的故事——她和她的丈夫在这样的环境中生活了十四年，后来调动到西点军校，住在哈德逊河的群山之中。她来到了纽约。那些巨大的高楼让她恐惧，这种恐惧与时俱增，直到她患了脑热而倒下。她精神错乱的原因是她认为这些高楼大厦会坍塌，把她压扁。这是个真实的故事。

　　耕地用蒸汽机驱动的犁。马怎么能面对这无边无际的田垄？他们用武装到牙齿的机器向土地进攻，这些浑身是齿轮和尖钉的东西在商店里像怪物，在这里，它们不过是荒草中的斑点。即使机车也很吓人。一长列的火车突然出现，又突然消失在蓝色的远方。在别处，火车快乐而响亮地奔驰。在这里，它耳语般地从电线杆构成的风景中溜过——溜过并沉入旷野。

　　一个小镇从黑土中出现了——一个散乱的木板房小镇，加上单调的红色谷物升降机。广阔的田野拒绝被征服，即使几丈地也不拱手相让。每条街道都通向旷野，好像整个旷野跑步穿过小镇。晚上，车窗外闪过灰色天空下荒凉的没有框架的画面。前景，一辆马车在几乎淹没到轮轴的泥水中缓行，骡子身上滴着泥水，赶车人挥动鞭子;后景,在一个被水浸透的小山丘上,是用铁栏杆围出来的墓地,墓地里住着一小群完全无趣的、生前赶马车、种麦子的居民,现在,他们躺在残缺的风雨剥蚀的木制墓碑下面。当然,对那些刚做了鬼魂的人来说,躺在这里比葬在海里有尊严得多。

越往北走,雪越多,大自然正努力为春天打破冻结的地面。融化的灰黑色的水填满了坑坑洼洼,即使平地的水也达六英寸之深,一片片延伸开去,直到视力所及之处。每条沟渠都满了,碎冰敲打着桥墩。在这片无际的平坦之中,突然传来一串令人神清气爽的叮当声,一个加拿大警察骑马大摇大摆地经过,头戴黑毛皮帽子,黄色徽章在侧,大衣剪裁合体,身板笔直。我想跟他握手,因为他既不懒散也不吐痰,头发修剪整齐,行走像个人应有的样子。然后是一个海关官员来询问我们是否携带雪茄、威士忌和佛罗里达水。英格兰和印度的女王总在关照着我们。温尼伯城,作为移民集散中心,泡在及膝深的融雪中,还是老样子,没有新的变化。地气回暖,季节真的变了,有人正在谈论1300—1400英里外的蒙特利尔的"第一次冰河开冻"。

星期天没有火车从蒙特利尔发出,因为是礼拜三,加拿大太平洋铁路公司临时加开了一列从温尼伯去往温哥华的火车。这很值得牢记,因为乘车的人极少,你将避开旅客争先恐后地冲向开往横滨渡船的拥挤。车厢属于你

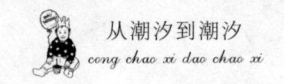

自己,还有搬运工服务。搬运工看到工作轻松,就拿起一把吉他消磨时间,给旅行增添了一点欢欣的节日气氛,居然让我们可笑地忘了看风景。

黄昏——一个非尘世的黄昏——另外一幅奇异的画面闯入眼帘。一个镇子隐蔽在低矮、无树、起伏的丘陵之中,一条喧响的河流奔腾在陡峭的河岸后面;骑警小分队的兵营,一个埋葬前骑警的小墓地,一个过分有条理的公园,公园里铺鹅卵石的小径和一尺来高的杉木,几座铁路房屋,白种女人不戴软帽在路上走来走去,披着红色毯子的印第安人在站台上踱来踱去,叫卖水牛角,离站台不到十码远的地方,一头浅褐色的熊和一头小灰熊从笼子里伸出爪来,讨要食物。种种超级奇怪的现象暗示——一个新世界之门向我们打开了。唯一普通的是它的名字——巫师帽。它让我内心一震:哪有比这更适合的名字?这个小地方后来扩大成了一个镇;三年前我见过它更小的版本,那时我是坐着一辆货车来的,免费。

第二天早晨,就像旅游手册所说的,我们到达了加拿大铁路公司的管辖区域。没有人的笔力可与这里的景色匹敌。旅游手册为夏季做了改编,绝望地寻找适当的词汇去描述奔腾的瀑布,披挂苔衣的岩石,波涛般起伏的松林,以及覆盖积雪的山顶。但四月还不是看这些景致的季节。这些东西被银装素裹——像一个僵尸一样僵硬。山中激流凝成一道淡绿色的冰河,白雪炫人眼目;松树桩

从潮汐到潮汐

顶着厚厚的积雪像巨大的蘑菇；岩石、倒下的树木和苔衣被埋在五英尺深的雪里；雪沿着铁轨像嘴唇一样卷起，长满了獠牙一样的冰凌，狞笑着；火车停止时，你想听到哪怕一点点风声，都归于徒劳；雪窒息了河流，巨大的环形高架桥好像行驶在巨大的泛着白色泡沫的浴盆之上，近处的雪被机车抹黑弄脏，即使这点颜色也给疼痛的眼睛带来轻松感；但是，沿铁路居住的人们对此毫不挂虑。在一个雪墙高耸的巨大峡谷的停靠站，一个人蹒跚着走出小酒馆，来到铁轨上，那里，一群狗正在追逐一只猪。他醉得漂亮而富有表现力。他唱着，挥动手臂，瘫倒在一辆正在转轨的机车后面，同时，上苍铸造的四座最可爱的山峰在注视着他的醉态。那次可以把小酒馆变成引火柴的山体滑坡，错过了它，击打了离它几英里的地方。另一个山坡在梦想春天的时候滑动了，击中了一辆货车。我们的车小心翼翼地行驶，因为事故刚刚发生不久。那个被摧毁的车头顶部朝下落在离滑坡处三四十英尺的软土里，两节装满了瓦片的车厢无忧无虑地躺在它身上。它太像一个被孩子扔弃的玩具车，以至于很难意识到它的严重性。有人喊，"有人死了吗？"回答是，"没有，都跳车了。"你产生一种被侮辱的感觉：这样懒散的大山会成为你神圣生命的杀手。火车上了高架桥，进了隧道，又上了高架桥。这时，每个人都惊慌起来，因为铁路线尚在建设，看不到哪里有出路。一如既往地，一个人出现了。他

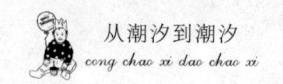

用手势说明这里一个弯,那里一个高架桥。看哪,铁路又通了,在面前伸展。就是在这里,我们听到了反复讲述的关于加拿大铁路公司的故事,尽管有夸张和省略,依然令人印象深刻。起初,成立加拿大联邦的时候,英属哥伦比亚看到有人反对,于是,首相保证用贿赂并在两个大洋之间建设一条不间断的铁路的方式达到目的。每个人都笑起来,好像这是所有大事业必须的条件,事情就在笑声中办成了。加拿大铁路公司得到了这里一段、那里一段的铁路建设权,并得到几乎它想要的任何土地。连接东西海岸的最后一个铆钉砸下的时候(就在那个醉汉四仰八叉的地方),笑声依然在回荡。就像首相应许的那样,一条捆绑两个大洋的铁纽带完成了。英国人说,"多么有趣啊!"接着继续讨论"膨胀的军费"。讲故事的人——他跟加拿大铁路公司毫无关系——顺便提到政府付费给铁路公司鼓励移民。一个星期天,火车满载着一批苏格兰小自耕农到达了温尼伯。在这里,苏格兰人要求停车过安息日。是温尼伯的代理人(他也是个苏格兰人,但他们却听不懂他的话)走到他们中间,向他们说明扰乱交通是多么不妥。于是,他们的牧师在车站举行了一个敬拜仪式,这个代理人又用盖尔语鼓励他们,让他们吃了顿美味晚餐,感动得人们流了泪。他们继续上路,定居在一个小镇,从此过上了幸福生活。至于从蒙特利尔到温哥华铁路线的总经理,我们的同伴谈起他来总是几乎带着敬畏。

从潮汐到潮汐
cong chao xi dao chao xi

这位大亨住在蒙特利尔宫殿般的房子里,时不时地乘上专列,以每小时五十英里的速度,旋风一样驰过三千英里的铁路干线。火车限速二十二英里,但是他才不在乎呢。因为为他驾驶是种荣幸,所以也没有驾驶员真的介意;他是个神秘的人,不仅把整个铁路线装在脑子里,而且,对他从未见过或去过的偏远地区的潜力深有洞悉。好像每条线都有这样一个人。你可以从英国大西部铁路线的驾驶员或印度西北线的欧亚铁路站长的口中听到同样的故事。接着,一个乘客(像其他许多乘客一样)谈起加拿大和美国合并的可能性。他的语言不是葛德文·史密斯先生的语言,有时蛮不讲理。概而言之,他明显地反对与那个还未成熟就已腐败的国家有任何关系——那个国家有七百万黑奴还没有融入社会,除了一些粗糙的有关谋杀、婚姻、诚实的基本道理外,他们的种族没有进化。"我们为他们挑选了政治道路,"他惋惜地说,"我们不得不与他们毗邻而居;但我不认为我们要急于和他们混淆在一起。他们说他们不需要我们,他们不断地这样说。肯定有些黑人持观望态度,否则他们不会说谎。"

"他们真的说谎了吗?"

"当然。我在他们中间生活过。他们不诚实。他们所说的背后绝对他妈的有鬼。"

他的观点不可动摇。他曾在他们中间住过,可能是最了解他们的人。让他们保持自己的习惯和风俗吧,他说。

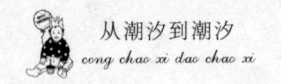

这真是令人悲哀和齿寒。纽约完全是另一回事，在那里，加拿大被描述为一个熟透的李子，只要山姆大叔一张口，它就落入口中。加拿大人对英国没有什么特别的爱——这个殖民地的母亲有一种忽视和疏离它的家族成员的天赋——但他们爱自己的国家。我们终于驶离了雪域，穿行在成片成片由十二英寸粗的梁柱支撑的木板房之中。在一个地点，雪崩刚好擦过一个小屋的边缘，像刀挖奶酪一样，把它连根端走。在山上，人们建造了许多屏障，以使积雪改道。但雪还是越过障碍物，落在木屋顶上达五尺厚。我们醒来时，已到达浑浊的弗利泽河岸，春天匆忙地来迎接我们。雪消失了。野醋栗粉红色的花朵在绽放，缀满嫩芽的赤杨雾蒙蒙的绿，与蓝黑色的松林形成对比，焚烧过的荆棘残根上发出最柔嫩的叶子，每一块石头上的苔衣好像刚刚被造物主制造出来。土地铺开平展展的黑土。在一个车站，一只母鸡刚刚下了蛋，并大声地向全世界宣布，而世界用真正的春天的呼吸回应她。春天洪水一样淹没了车厢，把我们驱赶到站台上，我们用鼻子嗅，歌唱，欢欣鼓舞，抓起又湿又软的湿地标示旗扔向小马驹，对宝石绿的湖面上的野鸭大声叫喊。谢谢上帝，在旅行时还能追随季节的变迁！我的春天！去年十一月我因为在新西兰而错过了她。现在，我要紧紧拥抱着她去日本，夏天再去新西兰。

太平洋到了，温哥华（完全缺乏得体的防卫）在过去三年里成长起来。在铁路码头,停泊着"印度皇后号"——日本客轮,当你处在帝国强大链条的末端,还能期望比这更吉祥的名字吗?

东方的边缘

横滨港的雾散开了,成百只舢板在晨风中升起了帆,蒙着面纱的水平线点缀着模糊的银色方块。一艘英国战舰从薄雾中露出蓝白色。天光如此新鲜,水面平滑,像置身于牡蛎壳中。两个穿蓝白衣的小孩,在早晨的新鲜空气中,露着被阳光熏成褐色的粉红四肢,划着令人惊异的柠檬色木船——这一童话般的小船载着我们飘过静止的珍珠一样光洁的水面,滑向岸边。

进入日本有太多的方式,最好的是从美国和太平洋下来——从野蛮和深深的海洋进入。从东方过来,印度的光照和新加坡狂野的植被让眼睛麻木,以至于分不清半色和细微的色调。在孟买,所有亚洲的气味都登上航船,即便到了离海岸相当远的地方,依然逗留在旅客鼻孔,挥之不去,直到他们再也看不见亚洲大陆。这是一种暴力的、有攻击性的气味,易于让陌生人产生偏见。与我们乘着童话般的小船靠岸所闻到的温和的、令人愉快的气味截

从潮汐到潮汐
cong chao xi dao chao xi

然不同——一种很干净的新木的气味；劈裂的竹子、烧木柴、湿润泥土，和白人不吃的食物的气味——居家的舒适气味。刚上岸，你听到一种美妙的异国情调的口音，不是你熟悉的那种。西方有很多语言。在欧洲，你只能听到从关闭的门后传来的富有西方音调和韵律的语言。而在东方，一排人力车苦力坐在太阳下聊天，好像欢迎我的归来，如同我是他们中的一员，熟悉他们的语言如同我的母语英语一样。他们谈啊谈啊，但我还是一脸茫然，突然，大街上飘来气味，这种气味在说，这是东方，什么事都不要紧，巴别塔这样的小事算不得什么，一些老友正在某个街角等我。东方的气味真棒！铁路、电报、码头、船舰不能把它们驱逐出去，铁路会死亡，但东方的气味将长存。没闻过这样气味的人等于没活过。

三年前，横滨的商店欧化严重，以适应欧洲人最糟糕最恶劣的趣味。今天，城里仍然糟糕。但只要出城几步远，文明立即停止，就像西方几千英里外的那个国家一样。一些满世界寻找感官刺激的百万富翁，不放过任何能满足他们放荡爱好的享受。他们曾在船上向我们解释，他们是听了导游书的劝告才来东方的，要赶在这片土地被蒸汽船文明化之前好好消受一番。他们甫一登陆，就奔向古董店，购买为他们准备的东西——紫红的，品红的，蓝矾色的东西。此时，他们一只胳膊夹着一个玩具洋人和电蓝色的铜嘴鹰，另一只胳膊夹着苹果绿绸刺绣的

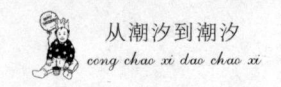

"杂烩"。

　　明智的我们，却安坐在一位穿石蓝色绸衣绅士的花园里。他正在含苞欲放的杜鹃树下清扫一些凋落的樱花瓣，好像纯粹是为了构成一幅画面似的。陡陡的石阶，显露出经过漫长冬天而自然形成的色彩，经过丛丛小竹林，通向这个花园。当人们谈起老朋友相遇时，你会看到那种恰当的气氛。半打蓝黑的松树叉腰而立，背景是蓝蓝的天——不是雾蒙蒙的或云层堆积的天，也不是太阳四周裹着一圈灰色破布的天——就是蓝天。斜坡上的一棵樱花树，纷纷抛掷一波一波的花瓣，一丛柳树飘曳着淡绿的丝线。穿过杜鹃树丛，飞过来太阳的使者——一只高贵的燕尾蝶，它的扈从是一只颇似英国丘陵地带翩飞的叫"粉蓝"的蝴蝶。东方的温暖加上东方的阳光，渗透过懒洋洋的身体，而不仅仅从体表经过。灿烂慷慨的阳光让人眼睛清亮而不是迷惑。春天的新叶像大颗翡翠一样闪烁，压弯枝头的樱花透明而绚丽，如同把手靠近炉火那样透明。小小的温暖气息从湿润的泥土飘起，落英在地面上醒来，翻了个身，又沉入睡眠。外面，花叶以外，阳光落在青石色的屋顶，屋顶之外的层层梯田，层层梯田之外的山峦，都是如此地日本——只是日本。那个被称作老法国公使馆的园子，就像创世以后自然地降落在那里的伊甸园。还有立在陡崖上的一座庙宇的美丽屋顶，覆盖着成脊状的、有凹槽的暗瓦，随意地向外翘起。任何其它的屋檐曲线都不能比它与那大片松林更协调的了。因此,这些曲线做得真是完美。那些漫游世界的人正在旅馆里,到处寻找导游,以便让他们看到日本的风景,实际上,这些风景一眼就能捕捉到。他们必须去东京,他们必须去日光,他们必须看到能看到的一切,然后写信给野蛮人一样的家人,告诉家人他们已经习惯看到赤裸的棕色的腿了。天黑之前,天哪,他们都头疼欲裂,眼睛疲惫不堪。哪比得上静静躺卧,倾听草的生长,全身心浸泡在这温暖,这气味,这声音,以及不邀自来的景致之中。

我们的园子俯瞰港口,拨开一根树枝就能看到一只船尾高翘的渔船,船头屋里卷起的金色草编垫子显示出井井有条的室内,渔民父亲像青蛙一样蹲着,正在拨弄一个小碳炉子,那轻白的灰烬被微风吹到一个懒洋洋的日本娃娃的脸上(就像商店里两先令三便士的玩具娃娃),娃娃醒了,原来是一个无价的日本婴儿,剃了光头,四肢乱动,他向碳炉爬去,恰恰在要吃炭灰之前被抱起来,放在一个横梁后面,他用小腿击打着木桶,对远处的火炉发出抗议。几朵樱花滑落枝头,飘向靠近日本娃娃的水面,他想捞起这些花瓣,有掉入水中的危险。他父亲抓起他的后腿,把他舒服地裹进伞状的渔网和纤绳中,只露出脑袋。作为一个东方人,他没有反抗。小舟顺风滑行,加入远处海面的船队。

这时,两个军舰水手从海边过来,往花园下面的水沟

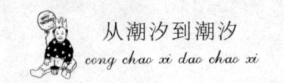

倾下身,吐了口痰,又缓缓走开。只有港口的水手才是高等公民。对他们而言,任何罕见奇异的事物都是"另类的东西"或"他们东方人的东西"。他不慌不忙,除了一些习惯语,他在任何场合都不用形容词。但生活的美不知不觉地在他的生命里留下痕迹,除非他喝醉了,与当地警察发生争执,把他打到沟里,打着嗝被迫修改条约协定。杰克(水手)仍然有冤屈,要控诉那个警察,因为这个警察每把一个在岸上逗留时间过长的水手带回领事法庭,可得到一美元报酬。杰克说,这个小家伙故意妨碍他回到船上,并使用一种邪恶的摔跤把戏使他就范——"他们有一百人,随时能把你摔倒。"杰克酒后吐真言。杰克说,那些被蒙骗的领事应该知道,"他们在鸠之谷市拦阻你,造成可乘之机,利用我们的疏忽获利。"——这个警察就干了这样的事。那些既非水手也没有喝醉的游客不能证实杰克是否说了真话,实际上,他们不能证实任何东西。他们不仅游移于令人着迷的风光和日本人中间,而且上岸不久就发现,他们还随时遭遇令他们非常困惑的问题。三年前,没有什么问题不能就着纸灯的光当即解决。现在,宪法刚刚出台。这本宪法有淡灰色封面,背面有菊花图案。一个日本人对我说,"现在,我们有了一部与其他国家同样的宪法,因为这部宪法,我们相当文明了。"

(想起一个完全与此无关的故事。你知道吗,在马德拉群岛曾发生一场革命,这场革命持续的时间刚够让一

从潮汐到潮汐

个诗人创造一首国歌,就被扑灭了。现在,这场革命所遗留的只是这首歌,你可以在丰沙尔的某个月夜的香蕉树下听到班卓琴的弹唱,那个重复的带鼻音的高音叠句就是"宪法"。)

自从宪法制定以后,只出现一些暂时的问题,首要的是条约修订。日本政府说,"只要遵守我们的法律,即我们根据所有西方智慧制定的新法,你愿意到哪里就到哪里,愿意和谁做生意就和谁做生意,而不是被限制在领地里,由领事来裁决事宜。对待我们就像你们对待法国人和德国人,我们就会像国民一样对待你。"

你知道,这依赖于两千个外国人和四千万日本人。这对于所有东京和横滨的编辑来说,真是上帝恩赐的机遇,对于那些刚刚到达这片土地的绝望的外国人同样如此,他们的鼻孔里飘满了东方的气味——这气味是同一的,不可分割的,古老的,永恒的,尤其是,有益的。

确实,只有走出城市半英里,你才能逃避咄咄逼人的文明痕迹,进入城后的稻田。这里,头系蓝白布条的人们在没膝深的黑色泥浆里劳动。最大的地块不到两个桌布大,最小的不过一块小石崖那么大,一辆人力车都很难在里面转身。这些地块是在滩涂上开发出来的,一丛丛大麦就种植在浪花可以喷溅的范围之内。田间小路就是不断踩踏的灌溉渠的边沿,最大的路不过并排两个婴儿车的宽度。美丽的高地上,种植着松树和枫树,高地往下,成梯级下降,是一块块肥沃的地块,直到地面。看上去好像每一个用厚厚的茅草打顶的农屋建筑时都考虑到周围的风景。近看,你会发现,每个房屋都铺开在小块地上,彼此相隔大约四分之一英里。一个税收图显示,这种散落的布局是有意设计的,但理由不明。至少一件事是明确的。评估这些小块土地绝非轻松工作。这需要雇佣大量杂七杂八的官员。假设他们的思维是东方式的,那么,他们将使耕农的生活变得让人感兴趣。我记起了一件事,三年前,我看到一大堆关于一个农田的政府文件。这些文件量大而且系统,真正有趣的则是它们给那些既非农民也非财政官员的人们所带来的工作量。

如果懂日语,就可以和那个戴草帽腰间围蓝布裙的赤脚男人畅谈了,他正和其他男女在田间除草。他对当地税收的看法可能不准确,但肯定生动别致。由于缺乏他的印证,所以,请接受通常采用的两三个事实或非事实。它们在不同的书上有不同的说法。名义上,土地税是2.5%,一年内按三次或五次现金支付。但据特定官员所说,从1875年以来,就没有过结算。休耕地和耕种地付同样的税,除非遭遇洪水或灾害(这里意味着地震)。政府税收按土地的资本价值计算,以大约1100平方英尺或四分之一公顷为单位。

现在,一个评估土地的资本价值的方法就是看铁路公司如何付费。最好的稻田,按一日元等于三先令计算,每

从潮汐到潮汐

顷值六十五镑十先令,无灌溉措施的菜地值九镑十二先令,林地两镑十一先令。因为这是铁路公司的计费,它必定适用于购买大片地区。私下的交易应该更贵一些。需要记住的是,最好的稻田一年出产两季。大多数田地都是这样。先是小米、油菜或其它蔬菜,播种在干地上,五月收获;然后,马上种湿地庄稼,大约十月收获。土地税分两次付款。稻田在十一月初和十二月中,一月初和二月底付款;其他田地在七月和八月,九月和十二月付款。让我们看看平均出产。田野里那个戴草帽、腰围蓝布的男人将对这个数字发出抗议的尖叫,但它们大体上是准确的。稻米产值起伏较大,大约每石(三百三十磅)值五日元(十五先令)。第一季庄稼出产近似每甸(相当于四分之一公顷)一到四分之三石,即每四分之一顷十八先令或每顷三镑十二先令;大米每四分之一顷产两石,值一镑十先令,每公顷就是六镑。总计九镑十二先令。这并不太坏,如果考虑到提到的土地并非最好的,仅仅是一般好的土地,资本值每公顷二十五镑十六先令。

儿子具有继承父亲土地和附加税收的优先权利。据说,部分税收存放在县里作为抗洪基金。然而,这有点令人困惑,因为还有大约五到七个其它的地方,省和市政税可合理地用于同一目的。任何以上税收都不能超过土地税的一半,除非当地县的税收是 2~0.5%。

过去,人们被征收,应该说被榨取大约一半的土地收入。有人说,现在的税收体制并不像看上去那么有优势。过去,是的,农民的税赋很重,但只按名义上的财产征收。他们可以隐瞒虚报财产。而今,僵硬的官僚丈量他的每一寸土地,每一寸土地都要征税。印度的农民抱怨同样的事情,如果有什么让东方人憎恶至极,超过任何其它的,那就是西方人的精确。那导致按规则办事。但是,从层层梯田外观来看,灌溉渠水很巧妙地从一层升到另一层,日本庄稼人至少享受这样一种快乐。如果河流上游的村庄随意扰乱水的供应,下游肯定就会产生骚动——争执,抗议,以及打破脑袋。

因此,罗曼司的时代并没死亡。

离横滨二十英里的海岸线上,矗立着一座巨大的铜佛像,面朝大海,倾听着,几百年光阴从耳边匆匆流过。他曾被人一次又一次地描述过——他的庄严与超然,他每一部分的尺寸,他身体里烟熏火燎的小神龛,作为他背景的毛茸茸的山丘。因此,从一开始,超乎想象地,他就是一个看得见摸得着的神,坐在一个新世界的花园里。人们向站在他脚趾甲上的游客兜售他的照片。那些无理性的男女把他们卑劣的名字镌刻在构成他身体的巨大铜板上,想想这种轻蔑和侮辱!想想古代,花园井井有条,修剪整齐的树和草坪,雨后,热辣辣的太阳在池塘上蒸腾,雾气缭绕,万物之道的老师的巨大铜像在冉冉浮动的香气中仿佛在摇摆。整个大地是一个香炉,大量的青蛙叫

从潮汐到潮汐

声像铃铛一样震荡着薄雾。太热了,什么也干不了,除了坐在石头上,观看大佛那双眼睛——这双眼睛已看得太多,以至于不再看什么——下垂的眼睑,前倾的额头,以及手臂和膝盖上巨大简洁的衣服褶皱。当阿难达开始问问题,开始想像他身后的生活是什么样子的时候,菩萨就是这个坐姿。就像历史书上所说的,菩萨开口,"讲了一个故事。"这应该是他的开始,因为现在东方的梦想者讲述的故事与此相同:"很久以前,天神是贝纳勒斯的国王,那里住着一个德行高尚的大象,一头堕落的牛,和一个未开化的国王。"故事的结尾,由阿难达得出道德的结论:"现在,放荡的牛悔改了,国王也觉悟了,那个品行高尚的大象就是我,阿难达。"就这样,他在竹林中讲述着故事,那片竹林就是我现在看到的竹林。一些小小的蓝色、灰色和石蓝色的身影从大佛的影子下闪过,买几炷香,消失在大佛体内的神龛中,出来时脸带微笑,又从灌木丛中飘然而去。池塘里一条肥肥的鲤鱼吮吸着落叶,发出接吻一样的声响。大地在沉默中蒸腾,一只美丽的蝴蝶,翼长足足有六英寸,在蒸汽中蜿蜒飞行,扑动翅膀飞向大佛的额头。菩萨说,一切皆虚妄——甚至光与色——蓝绿色的松林和淡绿色的竹林衬托下的时间磨损的青铜;斜倚在一块被雨水刷白的石块上,穿淡褐色衣服、头插珊瑚发簪的女子那柠檬色的腰带;最后,挺立于蜜色茅屋下的茶寮的灰金色垫子上的血红的杜鹃,都是虚妄。征服人肮脏的

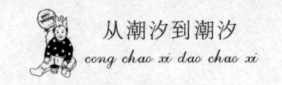

欲望和纯粹对金钱的渴望是合情合理的,但为什么要放弃让眼睛喜悦快乐的色彩,让精神振奋的光,和满足心灵最深处需要的线条呢？啊,如果菩萨能看到自己的塑像就好了！

我们在海外的同胞

　　总而言之,世界上只有两种人——待在本国和不待在本国的人。第二类人最有趣。某一天,一个人将反思他自己,并写下一本名称叫"海外俱乐部"的书。因为正是从雅典到横滨的海外俱乐部,你才能看到和听到一个在海外生活的人的全部真实。不管是建筑还是成员,这些俱乐部都有着家族式的相似性,漫不经心的殷勤好客是它的基调。房子总是敞着门,天花板高高的,地板铺着地毯;总是暗色皮肤的仆人来来去去;总是一些人在过期两个或五个星期的报纸堆里谈论赛马和生意经,他们的衣着在伦敦会成为致命的丑闻。海外生活包括大量的阳光和新鲜空气。在有荷兰家庭主妇自酿和销售浓烈的白酒,可笑的土造小马车摇摇晃晃地驶在街道黄色尘埃中的开普敦,存在大进出口公司的成员,船运和保险公司办公室,矿产开发者及新版图的开拓者。时不时地,一个官员从印度来到这里采办骡子,一个政府的侍从,一小撮驻

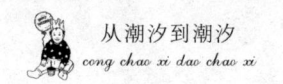

军军官,一个晒得黝黑的联邦城堡航线的船长,一个来自西蒙镇舰队的海军官员。在这里,他们谈论塞西尔·罗德的罪孽,母国的傲慢,布尔人选举的美或其他,蒸汽机的过时。隐语是荷兰语或非洲土语。每个人都能哼唱国歌,开头是"打起背包上路吧,罗圈腿的约翰"。在宏伟的香港俱乐部——它在远东的地位相当于孟加拉在近东的地位——我们遇到同样的一群。只不过少了矿业投机者,多了些谈论茶叶、丝绸、短裤和上海矮种马的人。在这里,海外同胞的言谈中夹带着洋泾浜英语和汉语词汇,还混合着恶劣的葡萄牙语。在墨尔本草坪上的一个回廊里,坐着些狂笑的蠢货,羊毛大王,大臣,繁殖种马之类的人。老者在谈论尤里卡栅栏事件,年轻人在谈论北昆士兰的"剪羊毛之战",旅客则胆怯地移身于他们之间,猜测某些词的含义。在威灵顿,俯瞰着港口(所有头脑清醒的俱乐部都面向大海),同样一群人在谈论绵羊、兔子、地产法庭,及古老的朱力叶·佛吉尔爵士的传说。他们最富表现力的语句来自毛利语。其它地方,其它地方的其它地方,海外同胞是太阳底下一群各种职业、行业的同样的混合体。延伸到地球最边缘的同样的利害冲突;同样对邻居事情和短处有令人震惊的熟悉;同样待客慷慨;同样地,年轻人对马感兴趣。正是在遍布世界的海外俱乐部,你得到一点社区生活的感觉。伦敦是自我中心的,四英里半径之内就是整个世界。再也没有比伦敦更狭隘的地

从潮汐到潮汐
cong chao xi dao chao xi

方主义了。就因为所有海洋的波浪击打着它的海岸,那千八百个人的覆盖着漂流物和垃圾的思想之水就被称作大海。对那些住在伦敦的人而言,伦敦是如此壮观,殊不知世界上存在着不只一种壮观。从离它一万英里的地方回首(邮件刚刚到达海外俱乐部),伦敦令人惊奇地渺小。十分之九在那里如此重要的划时代的新闻却在这里失去了意义,剩下的就像阁楼上的鬼魂。

横滨这里的海外俱乐部有两趟邮件和四种报纸——英语、法语、德语和美国英语——以适应其人员构成,树立着巨大望远镜的海边长廊举行着不间断的圣灵降临节宴会。俱乐部的成员随着每一艘蒸汽船的进出港口而变化。船长大摇大摆地进来,迎着"你好!从哪儿来?"的问候,融入酒吧和弹球桌周围的人群,等待再次出海的时间。漆白的军舰偶尔送来一些人,其中有些奇妙的令人着迷的冒险家。他们驾着双桅船远涉千岛群岛,不知怎么地,和俄国当局产生了纠纷。领事法庭的领事和法官会见那些即将离开中国或马尼拉港口的人,他们都在谈论茶叶、丝绸、银行和与当地人的交易。一切都坏得不能再坏了,每个人都处于崩溃的边缘。这就是为什么当他们觉得生活不再值得活的时候,就去撞柱球道自杀了事。但此时在室外,一阵凉爽的风从报纸间吹过,一个公寓里传来击碎冰块的声音,差不多每个人都在谈论即将举行的赛马,生活似乎令人满意。"还需要别的什么让人幸福

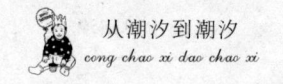

吗？"过往的人说。完美的气候，可爱的国家，大量愉快的社交，最礼貌的人民。居民邀请客人从七月待到八月。于是，客人开始与最礼貌的人们做生意，这样几年之后，这个客人毫不怀疑地感觉到，当地居民对他居住在这里怀有偏见，并得出一个成熟的结论：日本是个无可挑剔的国家，唯一的污点是它的异质文化。打住，让我们想一想。正是异质的社会使旅客来来去去，获得内陆旅行护照，使打电报通知朋友到达的消息成为可能，而且比待在自己家里享受更多的东西。政府和炮舰可能迫使一个国家开放，但真正能保持它开放的是海外俱乐部的人们。他们的回报（不仅仅在日本）往往是冷漠的态度和几乎不掩饰的对靠当地人劳动获利的轻蔑。很难对那些被日本商店迎来送往并被礼貌地欺骗的人解释，日本人是东方人，因此，不习惯直截了当。"那是他们的礼节，"过往的人说，"他不想伤害你的感情。爱他，对他像个兄弟，他会变的。"像兄弟一样对待一个神秘的种族是不容易的。甚至几乎是令人烦恼的。缺少固定性和商业荣誉感可能归因于一个具有艺术气质的民族天然的缺陷，或气候的影响，或那些统治了他们几百年的统治者。

　　那些了解东方的人知道，这里盛行的是佣金制度，佣金，遍布于生活中的每个交易。从新郎住所的销售（在街上，女人永远走在男人身后），到一个农民帮你指出去另一个村镇的道路，事情必须如此。除非在这里住上一段

从潮汐到潮汐
cong chao xi dao chao xi

时间，那些不了解东方的人很难相信。当听到七十年代以来，一个革新的日本正在崛起的时候，海外俱乐部的人们嘲弄地扬起鼻子。他们嘲笑这个帝国拿德国和拿破仑法典作为模式。它落后于新时代如此之远，他们怀疑这个充斥着严格礼仪和跟种性制度差不多的阶级差别的东方国家能转变为一个完全符合西方标准的国家。而且，他们必然怀有偏见，因为他们几乎天天，甚至每小时都跟日本人接触。他们更愿意与中国人打交道。还有比这更可耻的俱乐部吗？

就在此时，一场危机就像盛开的菊花一样充分展开。两院都指责政府不适当地干预了——意味着"大棍和金钱"——近期选举。然后通过了一个近似指责政府的决议，并拒绝投票表决政府的政策。到此为止，最拥护代议制的人不能期望比这更好的了。但后来，事情发生了一个明显的东方式的转折。政府拒绝辞职，皇帝把代议制政府停了一个礼拜，重新考虑可行性。日本报纸对这一事件分歧很大，大多数人只是咒骂。海外俱乐部大多说的是——"象棋游戏！"

这简直是一个画面一样生动的形势——让人想起罗曼司和铺张华丽的表演。因此，想象一个用三重壕沟围绕的春梦依依的宫廷，壕沟中夏天开放着莲花——这个宫廷的外缘咄咄逼人地欧化了，而内心依然是古老的日本。一个国王坐在一些妻子和其它奢侈品中间，时不时地以

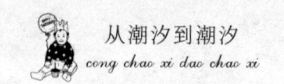

魔术灯光节目和跳蚤表演为娱乐。一个神圣的国王，其尊严不可侵犯。他在花园里每年举办两次宴会，每位来者都要头戴高帽，身穿罩袍。宫廷外围，沉睡般显赫的水晶宫，多种多样的表演，和骚动的地区之间，徘徊着阶级地位被粉碎的人那精心掩饰的敌意，他们自然的东方式怪癖外面涂着一层从西方借来的观念。再想象一下，一个巨大而饥渴的官僚群体，像法国人一样坚持没有价值的细节，又满脑子是东方人的礼仪和拘泥，他们来自军人阶层，对农民和商人带有骨子里的轻蔑。这一军人阶级，多多少少被三大家族控制，他们从自己人中选拔政府官员。他们灵巧，多才多艺，又寡廉鲜耻，为达目的不择手段。君主是通过他们并按照他们的吩咐行动的。而这些行动是多么离谱啊！批评这些行动的有一个自由激烈的新闻出版阶层，对任何压制都随时作出反应，像美国人一样对外界的批评有病态的敏感，同时天真地，不真实地，真菌般地快速繁殖，带着未成熟的可怜的轻率。支持无节制的新闻监督的是无法无天、无知、敏感而虚荣的学生阶层，他们的教育经费大多来自政府，是国家的肉中刺。缺乏正当训练的法官处理那些从无先例的法律事宜，新的法规轻率地通过又轻率地被废弃。日本的政策就是从这些阶级和利益的混乱纠结中衍生出来，像日本画一样没有比例和透视关系。

议会中没有定局和稳定性。今天，由于一些解释不清

从潮汐到潮汐

的理由，他们赞同外国到了奴颜婢膝的地步；明天，同样模糊的原因，钟摆摇摆到对立面——学生在街上向外国人扔泥巴。无理纠缠，不负责任，前后矛盾，尤其是，廉价的神秘感统治着这片土地。阴谋与反阴谋，欧式的改革与弃之不顾交替进行；就像树荫里的小路点缀着贝壳和光滑石子，时时可见从半个世界抄袭来的东西。政府是一个滑稽歌剧。剧中，国王和妻子，武士出身的警察，跟法国化学家巴斯德学习过的医生，戴羊皮手套的骑兵军官，有大学学位的法官，拉小提琴的妓女，报纸记者，对古代仪式精通的大师，从政府拿钱的改革智囊，从爱尔兰人手里借来刀子和炸药的秘密恐怖团体，从欧洲归来的失去封地的大名（日本的一个阶级），都在等待观望什么会出现，还有来自三大家族的大臣，他们把日本从二十年前的沉睡状态中抢夺过来，都在围绕着外国居民转圈，摆动，变化，改革。这足以勾画出这一铺张华丽的表演全景吗？

舞台的背景是人民大众——他们很有限地享受代议制政府的好处。过去几年，他们是否理解了这个政府的含义，以及是否正在学习，都不清楚，至少，他们根本不打算利用它。同时，政府继续游戏，就像街角女孩的调情游戏一样。只有不到半打的人知道谁在控制政府，以及它究竟要干什么。在东京，皇帝雇用的欧洲工程师、铁路专家、大学教授的数目逐渐减少。不久，他们会被全部打发回家，这个政府将开始自己管理自己，承担自己的责任。

从潮汐到潮汐

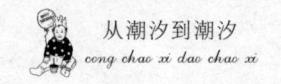

自从美国人侵入并打破它的平静以来的五十年内,日本将经历从丑闻到世界一流的新生和重组这一过程,在向现代化的进程中成为力士参孙。这就是生在新纪元的优势,这时,无论个人还是社会,都可以获得一些东西却不用付出——不用工作却得到报偿,不用努力却得到教育,不用思想却得到宗教信仰,得到自由的政府却不必通过缓慢而辛苦的工作。

海外俱乐部,如人们所说,却落在时代精神之后。他得工作以获得他需要的,而他的付出并非总是得到回报。他们也不能一高兴就上船回家。想一想,就像注视皮卡迪利大街出租马车的行列,一个人满足的心理是在不断注视充满蒸汽船的港口时养成的。假设气候炎热,那天他工作出了问题,或者他的孩子并不如想象的那样好看,漂亮的瓦屋顶、玫瑰和紫藤间的凉亭,不能安慰他,而世界上最礼貌的人的声音也变得刺耳难听。他认识俱乐部的每个人,谈论过了所有感兴趣的话题,现在,他愿意放弃半年——不,五年的薪水,以换取鼓满肺腑的家乡空气,或一缕干草气息,或半英里泥泞的伦敦街道,倾听一下卖小松饼的铃铛在早晨四点钟的雾里叮铃铃响起。正在这时,一只客轮驶过海湾耀眼的蓝色。甲或乙,都是朋友,就在这只驶往家乡的轮船上。下个礼拜,还有人将搭乘法国邮船回国。好像只有他一个人必须待下去。除了他,每个人都走得那么容易!船烟囱的烟雾从海平线消失了。他被留在温暖的风和白色的堤岸上。此时,日本显得是个好地方,值得信赖并连续住上三十年。往西航行一周,就是中国的港口,那里生活真是艰难,光看着那些忙忙碌碌的船只就让眼睛不舒服。旅客和旅行全世界的人们,要对海外俱乐部的人温和点。记住,不像你,他们来这里不是为了他们身体的健康,而且,你口袋里的返程车票可能让你用有色眼镜看待他们生活的地方。也许,只根据日本官员的善意,就把你同胞的枪炮移交给这个国家是不明智的,毕竟,这个国家刚开始实验一部半是自撰半是嫁接的不包括陪审团的律法,而且根本不考虑出版自由,它仍然是一个没有上诉权的可疑的专制国家。确实,这样做可能会很有趣,但肯定以喜剧开始以悲剧结束,这将使世界上最礼貌的人民长时间都不会拼凑出一个文明政府。在其租界里,外国居民不会造成危害。他不总是控告日本人让他们还钱。一旦超出这一领域,可以自由地深入内地,什么地方什么时候出现麻烦只是个时间问题。长远来看,还不是外国居民遭受损害。有想象力的眼睛能从日本到处泛滥的中国人(他们才是更重要的外来居民),到兴奋的联合起来的民主国家为维护国家荣誉和试验新成立海军的能力而对东京的轰炸上看到最坏的可能。

但有大量论据能驳回和压倒这一有点沮丧的观点。例如,日本自己的统计材料就像他们房子上的木工活一样漂亮而得体。但愿,这些资料真能证实一点什么。

地　震

　　一个议员在东京与他的选民发生龃龉,他们给他寄了一封责难的信,信中说,一个政治家不应该"像水草一样随着水的流动而摇来摆去","他也不应该像个无腿的鬼魂在风前漂移"。他们说,"你的行为,既像水草又像鬼魂。我们打算不久给你一点真正的日本精神教育。"这位议员很可能会被围攻,"被棍棒刺戳到行动不便的地步"。因为这些选民是最有政治自觉的。然而,在世界上,在诸多反面意见下,一个人除了做水草和鬼魂外,还能做什么?它弥漫在空气中——游客像水草和鬼魂一样,摇摆漂移到函馆,到札幌看虾夷人,在巨大的蓟树下穿过北方诸岛,捉三文鱼,遥望海参崴等,做了成百件的事,而在这段时间,一个游手好闲的人懒洋洋地看着大麦由绿变黄,杜鹃花开花落,春天逐渐让位于夏季温暖的雨水。现在,鸢尾花接替了装点美化世界的工作,游客的潮流向西方退去。

从潮汐到潮汐
cong chao xi dao chao xi

人们开始谈论到山中凉爽之地避暑，所有能出租的房间都租出去了。不久，有些人要从中国来度假，但此时我们正处于收获茶叶的繁忙季节，没有时间浪费在琐碎事情上。"打包"是一个行之有效的借口，从忘掉赴晚餐到拒绝参加网球聚会，丈夫的坏脾气也被宽容地对待。海边弥漫着新割干草的令人鼓舞的气味，运河里满是装载箱子的船只推推挤挤地奔向港口。俱乐部里有人在咒骂刚到的邮件，好像每个邮局都乐于把一个人的休息日搞个底朝天。一个正常的办公日从早晨八点开始，下午六点结束，如果邮件一来，办公就可能持续到午夜。不算加班，也没有固定的家庭时间。远处是船只；这里是工作；在所有这些后面，是美国市场。其余的就是你自己的私人事务。

狭窄的街道挤满运货马车，带来各种形状和大小的箱子，里面是内地出产的未加工的茶叶。必须有人运送这些东西，存放到拥挤的仓库，抽取样品，然后混合，炒制加工。

就茶叶质量而言，一半以上的加工过程都是"失落的工艺"。但是，市场坚持要色相好看的茶叶，叶面光滑，边缘卷起，就像任何其他行业一样，市场的要求就是法则。加工厂的地面被光脚苦力踩踏得滑溜溜的，他们喊叫着，茶叶正在变形。离奇的是，在这些喧哗之上，依然听得到茶叶沙沙的声响。茶叶堆成大堆，装满篮子，倾入斜槽，

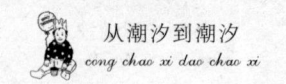

在长长的凹槽里上下起伏,磨光发亮,最后,消失在炒茶机之中。蒸汽筛子按等级把茶叶筛选出来,发出刺耳的尖叫和轰隆,让地面颤抖。茶叶继续含糊地低语着,直到被筛落到巨大的镶箔边的盒子中,安息在那里。

几天前,这个工业经历了一次持续两分钟的打击,损失了几百磅的手工炒制的茶叶。事情大致是这样的。一个闷热寂静的凌晨,传来似乎火炮轰击所有道路的令人烦恼的噪音,一个人从迷糊中被惊醒,看到他的一只靴子"对着翼琴跳着托卡塔舞"。翼琴实际上是盥洗盆。但其效果很可怕。接着,钟表从墙上掉落,墙裂开了,巨大的看不见的手抓住屋顶撑杆,猛烈地摇晃起来。处境危险时保持冷静当然好,但一个没经历过整个屋子像一张毯子一样被抛起,你拼命摸索上了销的百叶窗,而它就是不开的人,不会理解那种魂飞魄散的感觉。这一恐怖事件的结尾却出乎意料——大家都冲到外面静止凝重的空气中,却发现仆人正在花园里咯咯地笑(日本人会一直笑到世界末日),并被告知,地震过去了。接着,很快传来消息,地震刚开始时,一些工厂的苦力就尖叫着跑开了,锅里的茶叶自然被烤糊了。当然,与刚经历的有失尊严的惊慌相比,那不失为一种安慰。人们猜测东京的一些高大烟囱会坍塌。然而,它们依然坚定地站在那里。习惯于这类事件的当地报纸仅仅用"严重"二字形容这一震荡。地震使人们士气低落,它暴露了人性中所有的弱点。

从潮汐到潮汐
cong chao xi dao chao xi

首先是彻头彻尾的恐惧——那种"只要让我出去，我就悔改"的恐惧，然后是要通过电报把最恐怖的事件传遍东西南北的冲动（难道你不认为别人也应该经历那种毛发直立的感觉？）。最后，当尊严尽失的人们打起精神，那小小的卑劣的灵魂就高叫："什么！这就是全部？我从开始就没害怕过！"

承认人在自然灾害面前的无能为力是健康有益的。所有时代的传承者，战胜时间和空间的勇士，怀疑上帝存在的人类，一听到屋顶爆裂，就像兔子一样在养兔场的栅栏内奔跑。如果这一震颤持续二十分钟，这个战胜时间和空间的勇士就得在露天搭起帐篷，从废墟中扒拉寻找食物。如果是一个剧烈的震荡（只需地层随意地滑动，把书架堆成一堆那样），看哪，这些所有历史的传承者就会胡言乱语，彻头彻尾地疯狂起来——变成乱七八糟的山间野人。把一百个世界上具有伟大精神、恒定原则、崇高目标、孜孜不倦、经验丰富、虚怀若谷的人，放到一个类似于去年十月把名古屋夷为平地的灾难之中，不出三日，看看还有谁会留下什么属于自己的灵魂！

昨天的地震就是这样。今天又震了一次，而且范围很广。但什么也没断裂，除了一两个老弱的心和两三条裂缝。一些聪明人说，他们从开始就预料到了。但这仍然是一次值得记录的地震。

下午雨水连绵，街道上满是恼人的稀泥，所有生意人

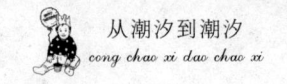

都在办公室工作。一撮中国人正对着一扇关闭的门凝神观看,门后传来刺耳的插销和上锁的声音。门上的通知很有趣。新东方银行有限(最最有限的)公司经理很遗憾地宣布,他接到电报,命令停止一切支付行为。一个中国人对另一个用洋泾浜日语说,"关门了。"然后离开了。关门声在持续,雨在下,门上的通知注视着潮湿的街道。这就是全部。对几个经过的人来说,银行的关闭意味着他们积攒的每一个便士都蒸发了——一个午餐后需要慢慢消化的令人欣慰的消息! 在伦敦,当然这不算什么;城里有很多银行,人们将预先得到警告。而在这里,银行稀少,人们依赖它们,这个消息突然降临,就像从海上来了一个血盆大口的恶魔。

在战场上,一个炸弹爆炸后,每个能站起来的人都开始掸落制服上的尘土,试着开开玩笑。接着,有人把手绢绑在手腕上,一个弹片把它撕破了,另一个人发现前额上流下温暖的鲜血。还有个人一直被忽略,正呻吟着死去。这时,每个人都突然感到,这不是开玩笑的时候,于是开始照料伤者和死者。

这同样适用于走出办公室的海外俱乐部的人们。中间人已告知他们银行倒闭的消息。英国人、美国人、德国人、法国人鱼贯而入,说:"真是一团糟!"他们中很多人都遭受了损失,但就像绅士一样,他们不说多么严重。

"啊!"一个小个子邮局官员说,聪明地摇着头(中午以来,他已损失了一千美元),"现在一切都好。他们在尽最大努力弥补。三四天后,我们会听到更多消息。出差前,我本来想把钱提出来的,但——"奇怪的是,整个俱乐部讲着同样的故事。每个人都曾要把钱取出来,但差不多都没做到。没有倒闭的银行经理正在根据他的经验,解释这次银行是如何倒闭的。这很符合人性。虽然这帮不了任何人。这时,一个瘦瘦的美国人进来了,把雨衣往后一扔,脸上的表情平静沉着。他说:"伙计,威士忌和苏打水。"

"你赔了多少?"德国人直率地问。"八百五十。"美国人回答。"我不认为因此就不应该喝一杯。我的杯子,先生。"他没停止吹口哨,脸上一直保持平静。如果美国人有什么可爱之处,就是他面对特定灾难之时的那份处之泰然。一个苏格兰人正在打趣一个英国人和一个损失惨重的人,这个苏格兰人在日本这里的账户有点透支。他可能在英国有些损失,但在这里却赚了几个,因此他精神上得到一点鼓舞。

更多的人进来了,或一伙一伙坐在桌边,或站在那里,或单独待在一边,眉头紧锁。你的应付款打水漂后,你必须头脑敏捷。交头接耳的声音越来越响了,保龄球道的轰隆声也不能淹没它。海外俱乐部的人都彼此认识,也都彼此同情。一个人僵硬地走过,一些人轻轻地问:"被打中了,老朋友?""是的,该死!"他说,嘴里继续咬着没点

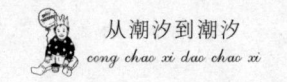

燃的雪茄。一个人正在缓慢而苦涩地讲,他曾打算让一个孩子来这里,旅途的费用就存在那家倒闭的银行里,现在——。说到这里,女士们先生们,那欲言又止才是真正让人伤痛之处。它毁掉了很多人可能几年来为之希望为之祈祷的美好计划。它把家庭安排打翻在地,乃至造成家庭破产。奇怪的是,没人说银行的坏话。人们在东方做生意,他们知道什么都可能发生。毕竟是横滨的银行经理和职员失了业(由于和一个因破产而毁了年轻人前程的银行有关联)。他们为这些人感到遗憾。"我们今年干得不错,"一个聪明人阴郁地说,"一个枪击事件,一个诽谤事件,加上一个银行倒闭。在游客面前丢尽了脸,不是吗?"

"上帝,想想还在船上的那些小伙子,他们还揣着这家银行的信用卡。嗯?他们将登陆,住进最好的旅馆,不知道他们已经身无分文。"另外一个人说。

"别说那些满世界跑的人了,"第三个人说,"看看近处家里的,张三,李四,王五,哪个不是如此?都是老人,退休金全泡汤了,可怜虫!"

"这让我想起一个人,"又一个声音说道,"他的妻子也退休在家。"他可怕地吹着口哨。如此这般,谈话进行着,直到大家开始谈论分红的可能。"他们来到英格兰银行,"一个美国人拉着长腔说,"英格兰银行却让他们失望;因为他们的股价不是很好。"

从潮汐到潮汐
cong chao xi dao chao xi

"见鬼！"一只手击打在桌面上，强调他的话——"我曾经和一个英格兰银行的主管在一条船上走了半个地中海；我真希望我把他从栏杆边掀下去，再放下一只救生艇给他，让他自己管自己的安全！"

"巴林倒了，O. B. C. 没有倒，"美国人答道，鼻子喷出烟雾，"这一行毫无疑问麻烦太大了，不是吗？"

"他们会全部补偿存款人，不要烦恼。"一个什么也没损失、急于安慰他人的人说。

"我是股东之一。"美国人说，继续吸烟。

雨还在下，架子上的雨伞在滴水，湿漉漉的人进进出出，围绕着中心话题，直到雨蒙蒙的黑夜降临。不幸中，这个遭电击的再也不能承受任何打击的小社会，反而有一点令人振奋的手足兄弟般的感觉。在英国，痛苦被带回家，独自承受。在这里，它被放大了，人们和同伴一起面对。可以肯定的是，只有古代的基督徒面对五十头狮子的进攻时，会表现得比他们英勇。

终于，人们都离开了；单身汉回去自己平衡账户（不久，总有些好马要卖），结婚的人回去和家里人商量。上帝保佑那些妻子不在身边的人！但海外生活的女人和她们的男人一样受到打击。她们会为变更的计划流泪——小孩子的学校和大孩子的职业都要变化了，还要给家里写些令人沮丧的信件，还有更多来自亲戚的不愉快的信，信中说"早就这样告诉过你！"还会有精打细算，外人体会

055

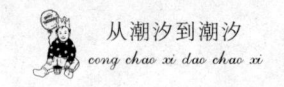

不到的紧巴巴的日子,不过,这些女人会努力渡过难关,面带笑容。

现代金融机制真是太美了——尤其是在这一机器陷入麻烦的时候。今夜,印度锡兰的种田人,加尔各答的朱特族,孟买的棉花中间商要遭殃了,香港、新加坡及上海那些省吃俭用把钱存进银行的家庭也要遭殃了,只有上帝知道切尔滕纳姆、巴斯、圣里昂纳德、托基,以及退休的军官遭受到什么样的损害!在英国,事情一发生就知道怎么回事的人是幸运的,处于漫长电报线这一端的人们的状况就不那么好了。好像只有一件事是明确的。雨中,一纸通知贴在紧闭的门上,仅仅由于这张通知,他们的钱就随风而去,再也回不来了。所以,为挣得这些钱所付出的努力就得再来一次。但有些人老了,更多的人疲倦了,所有的人都心灰意冷了。海外这个小社会上床睡觉的时候,非常伤心,肯定世界上还有同样伤心的人们。然而,值得一提的是,这些被击打的人们(有些被打得很惨),没有一个哀鸣、呻吟,或崩溃,他们挺直腰杆站立着面对这一灾难。

一些图画

有些人富了以后,就收藏名画。他们活着的时候,朋友羡慕他们,他们死了以后,收藏被拍卖,收藏的真实性被质疑。

一个更好的方式是把你的图画分布到世界各地;然后,随着命运的安排去欣赏他们。既不会有人偷盗,损伤,也不会因处境困难被迫出售。阳光和暴风雨免费为画廊加热和通风,此外——尽管粗糙,大自然不完全是一个坏的画框制作者。而且,意识到你不能第二次看到同一个特别的美景,使你的眼睛学会抓住机会;拥有这样一个画廊培养你对那种涂涂抹抹的被称作油画的画展的轻蔑。

在北太平洋,向西航行时,我的右手就悬挂着一小幅,与名家画作相较,似乎没什么价值。薄雾悬挂在油一样发亮的海面上。一只航行的纵帆船的蝙蝠羽翼般的船帆若隐若现。前景,一只小船漆成蓝白色,几乎要跃出画框，起伏在浪脊上。一个身穿血红球衣、脚蹬长靴的人，衣着因湿润而闪光，他站在船头上，手里拿着一只死水獭，从它的皮毛上滴答下来月光石一样的水滴。如果一个艺术家能画出银色的薄雾，小船糖蜜一样蜿蜒扭曲的倒影，和这个男人发红的手腕，就可算是个相当不错的工匠了。但是，我的画廊此时根本不用担心会被复制。三年后，我在一个河床布满石头的溪流边遇到一个画家。小溪一侧有三百个长了青苔的小神像，另一侧是火一样燃烧的杜鹃花。这个画家却在大声咒骂。他一直想复制我画廊中的一幅——一块经水磨细的大石头，石边丛生着花朵，高高的雪山顶作为陪衬。自然地，他失败了，因为他找不到任何透视关系，他一会儿这样一会儿那样地尝试着。没有人能把一加仑的东西装入一个只能盛一品脱的杯中。从创世以来这一论调已被反复验证了，并由此衍生出一套被称作"艺术法则"的工作方法，这套方法只能从不完善走向不完善。

　　幸运地，这个为我的画廊画满了画作的人在人类诞生以前就出现了。因此，我的画不是镶在笨拙的镀金画框中，而是慷慨地分布于不同的纬度、迁移的季节和季风之间，随时满足我不同的偏好，它们确实不错。

　　"在船只从不到达的极南之地"——在新西兰和南极之间，呈现着一幅画面：一艘蒸汽船正努力挣扎。天光与其说是来自天上，不如说是来自海上，茫茫雨中翻腾着无色的海浪，除了几只瞎海马时不时浮出淌着水的、饱经风雨剥蚀的船侧，看不到任何活物。舵舱里亮着一盏灯。一块黄黄的灯光落在方向舵漆成绿色的活塞上，它正在使劲地抓拉舵链。一个大浪扑过来，船尾在泡沫中抛起，一个螺丝松脱了。断裂的甲板打着旋儿沉入灰绿色的水面，水柱喷射到辅助发动机的喷口和起重机的吊杆上空。前面，除了耀眼的光，什么也看不见。船尾，断裂的大浪顺风往远处推涌而去，像一条切断的风筝线。动荡喧嚣中，唯一平静的是一只信天翁宝石一样、眨也不眨的眼睛。它悠闲地御风而翔，无动于衷，几乎伸手可及。正是这双怪异的自我中心的眼睛才使画面鲜明生动。按艺术常规，背景上应该有个灯塔或港口的码头，暗示一个大团圆的结局。但在我们谈到的画面里，这一双信天翁的红色眼睛根本不在乎它翅膀下面这条船会幸存下来还是被巨浪击碎。

相似的一幅画面出现在印度洋，讲述了一个和前面那一个同样悲惨的故事。热带的阳光直射，岸边矗立着高大的棕榈树，闪闪发光的钢蓝色海面寂静而闷热。沿着海岸，就像受伤的野兽急于奔回巢穴一样，一艘不以速度见长、载重过多的蒸汽船匆匆忙忙地行驶。它撕裂、击打水面，把水撕成碎片，在船头下面堆成一堆，但那堆水花却只衬托出船的笨拙和窘迫。大捆大捆货物堆垛在两个桅杆周围，甲板上摩肩接踵地挤满了肤色发暗的旅客——

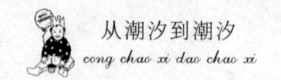

在前舱里,他们干扰船员的工作,在船尾,他们阻挠轮子的运转。

烟囱漆成蓝黄相间的颜色,给船只制造了一点喜庆的气氛,和那面黄黑色的标志霍乱的旗子很不搭调。它不敢停;它不能与任何人通讯联系。甲板上残留着为麻风病患者消毒的石灰水的痕迹。就这样,在中午的海水中,它和它蜂拥的旅客以及毁灭他们的疾病,艰辛跋涉,壮丽的海岸渐行渐远。

再看另外一幅,它来自巨大画廊的东方。观赏完这一幅之后,我们就离开海洋。一个拥挤的甲板上的遮阳棚下,地球上的大多数民族都陷入争执。争执的原因,一大铜箔碗被打翻在地的米饭和炸洋葱圈处于最显著的位置。马来人、拉斯卡尔人、印度人、中国人、日本人、缅甸人——肤色从橘黄到焦油一样黑的整个谱系——都在围绕着它扭斗和蠕动。他们锗红的、钴蓝的、琥珀色的以及翠绿色的头巾被撕扯落地,被践踏在他们脚下。挤在铁舷墙左右的是穿着蓝绿色和紫色衣服的恐慌的妇女和儿童。一堆一堆打翻的床、草垫、红漆盒子、竹编箱子、锡板、铜制和银制的鸦片烟管、中国骨牌,等等,足以让一些艺术家发疯。在这一群愤怒的半裸的人中间,醒目的是一个缅甸人肥厚的光脊梁,从颈骨到腰带布满了刺青,呈现着魔鬼般的红蓝图案。这是个邪恶的后背。此外,是一个扑动翅膀的马来鹦鹉,这只红黄蓝的金刚鹦鹉被绑在链子上,在太阳下展开翅膀,被狂热的恐怖所控制。几个金黄色的菠萝和香蕉被打落在地,在混战者的脚之间滚动。一只菠萝滚到了一头套了口络的长棕毛熊旁边。熊的主人,一个大胡子印度人,跪在它的身边,结实的棕色手臂正要解开它嘴上的套索。船上的厨子,身着溅了血滴的白衣,正从屠宰房往外张望。一个黑黑的桑给巴尔烧火工在锅炉房舱口的铁栏杆间咧着嘴笑,一线阳光正好落在他粉红的嘴上。一个红胡须的负责警戒的官员,跪在船桥上,透过栏杆注视着,左右两手不停地倒换着一只长而细的黑色左轮手枪。忠实的阳光把这一切都刻画出来,给他红色的胡须,晒成棕色的手背上的汗毛,以及熊的毛发,被打翻的菠萝涂上一层红铜色。在遮阳棚之外,是无边无际的蓝色大海。

　　需要三年的辛苦工作,再加上终生积累的本行业知识技能,才能够复制——仅仅是复制——这一图景。无疑,甲先生可以画出那只鸟;乙先生画熊;一大批先生可以画静物;但是,谁能把所有这些置于一体,把这种生活本身那放纵、繁盛、激荡的色彩瀑布描绘表现出来?即便它被描画出来,一些来自外省的中年人士,他们从未见过一只菠萝从盘中掉落,也从未在南肯辛顿之外见过马来人的波状刃短剑,会说,这样的画作从未让他们想起他们熟悉的事物,因此,这种画是不好的。如果能把这个巨大画廊馈赠给国家,那么,可能会有所收获,但这个国家将会抱

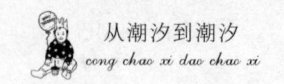

怨画廊太强的穿堂风和没有椅子可坐。但不论怎样,自始至终都会有人敢于徒手同极具挑战性的题材格斗,直面生活的真实。

　　让我们再次走访画廊中的日本馆,并把它整理一番。这里容纳了更多的画作,需要一个月的时间来描述。大多数是小型的,除了光线的变化,都在人类的描摹能力之内。其中的一幅可能难以把握。它是一个出乎意料的礼物,是我在夜晚的东京一个小巷里捡到的。半个城的人都出来散步,都穿着靛蓝色的衣服,连影子都是靛蓝色的,大多数的纸灯笼发出血红的光。在烟雾蒙蒙的油灯光中,人们在叫卖鲜花和植物——变形的小矮松,发育不良的桃和李树盆景;紫藤树丛,经过修剪和扭曲得跟健康的树毫无相似之处,在涂了绿釉的花盆中倾斜着斜睨着。在闪烁的黄色灯火中,这些人工造成的残废和其上的黄色脸庞奇特地旋转跳荡成一体。灯光稳定时,它们又返回到绿色的伪装当中。但只要一缕温暖的微风吹动这片闪烁的灯火,它们又像一群小矮人一样疯狂地起舞,它们的影子在身后的房子前面雀跃舞蹈。

　　在一个街角,一些富人把东方所有的黄金、钻石、红宝石聚拢在一起,而且,就把它们放在那里,不加看管。走近时才发现,它们不过是圆形玻璃瓶中的金鱼。黄的、白的、红的鱼,尾部分开三到五个叉,眼睛在头部高高鼓起。一些木盆里游着密密麻麻的小红鱼,小孩子们拿着网勺在水中捞来捞去,尖叫着追逐某个特别美的鱼儿,受惊吓的鱼儿用尾部踢起阵雨一样的小水珠。有些孩子手持小薄竹片,竹片顶端跳动着一个小红鱼状的纸灯笼,他们在人群中漂移,就像离群的小星座。当这些孩子站在运河边上,向黑暗里船上的朋友呼喊时,这些粉红的灯光都整齐地反射在水中。街道上成千上万的灯笼一直延伸到电线交错的黑暗之中。就在模糊的光晕边缘,离地四十英尺的一个看似鸽笼的东西之上,坐着一个日本消防员,裹在大衣之中,警惕地观望任何可能发生的火灾。他看上去像个不讨人喜欢的保加利亚恶鹰,或一个缅甸"背离人性"的野兽,安静地蜷缩在栖息之处。整个画面棒极了,令人激赏,没有人为的安排。人们漠视令人惊奇或神奇的事物,满足于在工作室的灯光下(不是天光),制作一些以盆盆罐罐、破布和砖头为主题的东西,并把它称作"油画作品"。他们为那一堆垃圾所花费的钱足以买一张去往新世界的头等舱船票,那里,阳光慷慨给他制造了各式各样的模特儿和"道具"。为市场需要而制作所谓新奇或不新奇的作品都是不道义的,其自身便蕴含着后果。在大西洋北海角到阿尔及尔之间的地域以外,肯定有值得描画的东西。仅仅为了作画的缘故,都值得冒一把险,走出常规的主题和题材——看看会发生什么。据说,一个人能画一种东西,就能画任何东西。大多时候他失败了。世界上有些东西比失败还糟糕。例如,玩牌时出老千,逢

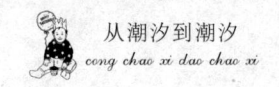

赌必赢,是不道德的,会被驱逐出俱乐部;还有,一个人小心翼翼地保持画同一种画,因为他擅长于此并以此挣钱,得到认可和声誉。肯定有一条中间道路,就像某个地方,必有一个单身汉不在乎损失什么地位、名誉或其它虚荣,把此生投入到为他的调色板寻找理想的题材和主题当中。他将收拾好行李,走入广阔世界,画一些他自己都无法复制的画作。尽管最后他可能完全失败。

勇敢的船长

从横滨到蒙特利尔是一条漫长的旅程，初始的一段不那么令人愉悦。我们五次旅行中的三次，北太平洋既非无所事事，平静懒散，也不制造任何风暴，骚动不宁，只是脸色阴郁，像烟囱一样冒着气。刚刚经历过日本的温暖的旅客，此时在冷冷的空气中抖缩，船的索具上凝结着露水。海洋那单调的灰色并不舒适，似乎它头一次接触船的龙骨，还不习惯船的行进。它很少有值得一提的画面，而它最好的故事——千岛群岛偷猎海豹和俄国人的贫民窟——又不适宜公开发表。横滨有个人前生可能和德里克一起焚烧过西班牙大船。他是一个最大的和最足智多谋的冒险家——天生的王国开拓者，海洋上的统治者，积习成癖的与死亡赌博的人。因为他只是给国内的批发商供应海豹皮，他的行为，他超人的搏斗，更超人的逃跑，以及最超人的策略都可能被遗忘在六十吨的纵帆船之间。偶尔，会有醉醺醺的海员讲述他的故事，但没人相信。也

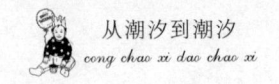

许,千里之外的南方,航海社团棕榈树下坐着的那个大人物,头戴玫瑰和月桂编织的花环,把珍珠穿成一串,完事之后,他把头转向雾蒙蒙的大海和船长神奇的冒险,这时,我们就有故事可听了。

  一接触陆地,大海以及海上的一切就显得不真实了。旅客在温哥华登上加拿大铁路公司的火车五分钟后,就看不到浪漫的蓝色大海了,但一种跟船上差不多的铁路生活开始了——你得适应并与之一起成长。在车上一个礼拜就把一个人变成火车的一部分。他知道什么时候车停下来加水,什么时候等待通过前面高架桥的消息,什么时候脱离餐车,什么时候驶入侧轨,以便西行的邮车通过,或在深夜高喊要另外的机车帮助爬上高坡。刹车的喷气声、咯嗒声、呜呜声都有了含义,他学会辨别噪音——什么是松弛的照射灯的咯咯声,什么是陡坡上滚动的石头的难听的咔哒声,什么是"喔——喔——"的把牛从铁轨上驱赶下去的声音,什么是发动机对远处信号的干吼。在英国,进入乡野的铁路被法律的铁腕制约,从开始就有点脱离日常生活——铁路在这里是一种需要尊重的东西。而在加拿大,它在粗略开辟出来的山路或枕木铺就的路上,慢悠悠地闲逛,手插在口袋里,嘴里含着吸管——没有站台也没有规范。有时甚至病人和年轻的孩子在照料机车,以至于影响了死亡率。有个七岁的小女孩,来到我们的吸烟室看看有什么好玩的,居然问乘务员:"什么时候换班？我想下车采睡莲——黄睡莲。"她知道，仅仅停一小会儿不够满足她的需要，她需要十五分钟的停顿，这时，喷着红漆的工具箱从后车厢卸下，一组新的机组人员上车换岗。乘务员弯身对这个小冒失鬼说："想采睡莲，是吗？如果车跑了，带走妈妈，你被留在后面，怎么办？""坐下班车。"她回答。"告诉乘务员把我送到布鲁克林，我住在那里。""如果他不呢？""他必须要做，"年轻的美国人说，"我是一个走失的儿童。"

而从加拿大的亚伯达省到美国的布鲁克林，大约有三千英里远。其中很大一片对我们来说就像前天一样新奇，沿路散布着处于各种发展阶段的村镇，从只有一个圆房子的小镇，到两个木屋的小镇，再到塞尔扣克山中的中国人营地，直到拥有几里地长的主大街和相互争吵的报纸的温尼伯市。眼前就是政治像流行病一样蔓延的马尼托巴市，其铜管乐队和到处可见的委员会会议通知。由于它接近政治舞台，它也被传染上了满嘴脏话，对行贿、腐败及邪恶生活方式的控诉到处皆是。还有一个只有三个人识字的小城，在无边的大地上咒骂整个世界，好像只有它是一个成熟的基督教中心，真是好玩。

所有的新镇子都有需要，首要的是铁路。如果该镇已经在铁路线上，它还想要一条拓展到更边远地区的铁路；不惜代价建铁路。为此愿意出卖腐败的灵魂，然后义愤填膺，因为他们卑躬屈膝求来的铁路铁蹄一样践踏而过。

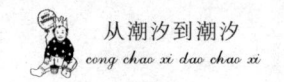

每一个新镇都相信自己有成为温尼伯市那样的潜力,直到这种可能逐渐消逝。当地报纸,由于绝望降低了骄傲水平,挑战地说:"至少,一个外科兽医所和一个药店开业了,足以给我们鼓劲;而且,春天以来,五座房屋已建立起来也是不争的事实。"对这一类事情,很容易从远处报以一笑。如果听到一个蛮荒之地的小镇——十来座房屋、两个教堂、一条铁轨——要突然壮大兴盛起来,你很难保持头脑的冷静。"全是谎话!"英国国内的读者会说。可能。但是,二十年前,他们所说的关于丹佛、莱德威尔、巴拉腊特、布罗肯希尔、波特兰、温尼伯的话,都是谎言吗?还有阿德莱德市,中年人还记得二十年前这里的很多人出来乞讨?六年前,关于温哥华他们说谎了吗?或关于二十个月前的科瑞德,他们说谎了吗?可以说没有。任何事都是可能的,尤其是在落基山脉地区,这里矿藏丰富,集中了很多大牧场,为农业城镇提供多种资源。这里有无数个湖泊隐蔽在林中,将成为夏季度假胜地。在英国,人们对夏天在美国意味着什么毫无概念,花在这方面的钱也少得多。人们刚在离温尼伯两天路程的地方发现一个叫做班芙温泉的度假地,不久,他们就会在离蒙特利尔一天车程的地方找到半打的度假场所,钱就是这样生出来的。那时,西部离现有麦田四百英里远的北方,将长出供应英国市场所需的小麦;英属哥伦比亚,除新西兰之外最可爱的土地,将拥有自己的驶向澳大利亚的六千吨

从潮汐到潮汐
cong chao xi dao chao xi

级的船队；英国的投资者，将不再把钱投到泼妇一样的南美共和国，或给美国作为抵押品。他将像个聪明人一样把钱留在自己的联邦国家内。然后，现在荒野中仅仅是个名字的村镇，是的，一些在地图上被标为哈德逊湾港口的地方，将成为都市。因为——要让人们理解确实无望——我们真的拥有一个帝国，加拿大只是其中一部分——一个不受北方的选举回报和伊斯特本的暴乱限制的帝国，一个尚未开发的处女地一样的帝国。

让我们回到新的村镇。就我所知，一年之中幸运女神三次叩响一个我认识的人的门。一次是在西雅图，那时它不过是大火之后的一个灰色斑点；一次是在塔科马港，当时蒸汽机车一周出轨两次；一次是在斯波坎市。但在土地大开发的喧嚣中，他没听到她，她走开了，留给他一种对于所有新村镇的近似于弱点的温柔倾向和一种强烈的要在每个新地方赌一把的欲望，幸运的是，他总是受金钱的限制。人生中所有令人兴奋之事，莫过于赶上城镇烫手的兴旺发展时期。而且这完全符合道德，因为你通过劳动和汗水，如所有开拓者一样，恶魔般工作到深夜，才赚得你的"增加值"。想想这一切意味着什么！人们不顾一切地蜂拥至新地方；为了买日常的面包投放到商店柜台上的钱；满载建设城市材料的车辆——劳动力，木材，瓦片——冲向建设工地；荒野里开辟并铺设的道路；路灯柱子的竖起，以及围绕它的叫喊呼号——电灯在没有剥皮

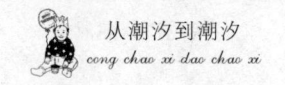

的松木柱子顶端丝丝作响；地皮市场上的汗水和推挤；"卖给那个女人"的呼喊，一旦一个女人出了价，所有的投标都自动停止；人头拥挤的地产办公室；还有地产经纪人，迷失的具有惊人想象力的小说家；华丽的粉蓝两色的城镇地图，挂在酒吧里，标示出每一条在城中交汇的铁路；拼写错误的咒骂——"这个该死的地洞！"是一些赔了钱离开这里的人的涂鸦；在街角举行的由不到二十五岁的人组成的联合财团会议；毫不掩饰的对于另外正在发展的城镇的轻蔑；不停歇地踏在木板人行道上的沉重脚步；有时，一个陌生人会转向另一个陌生人，摇动他的肩膀，冲着耳朵大喊："上帝！那不是很棒吗？那不是太好了吗？"最后，那些彻底疲惫不堪的人们，三人一间，睡在下等棚屋旅馆里；旅馆的广告说，"每餐二美元，饮料三十五分。不能洗澡。经理不对任何意外负责。"这单调的表述让你扫兴吗？可能。更有可能的是，把一车的主教置于这样的地方，他们为每一块地皮争斗的劲头，会超过他们争夺主教头冠和牧杖的劲头。城镇膨胀时期的传染病就像剧场发生火灾时的恐慌一样不可抗拒。

过了一段时间，尘埃落定，于是，木匠，也就是建筑师，把赤裸的胳膊放在吧台上，把它们卖给出价最高的人，因为房子就像雨后的毒菌一样冒出地面。那些不建房子的人为建房子的人欢呼，因为这意味着对自己城镇的信心。相信自己的城镇会挫败任何其它村镇。生意人

从潮汐到潮汐
cong chao xi dao chao xi

和当地的周报煽动着人们的情绪,就像牧鞭驱使着畜群。奢侈的、至高无上的荣誉堆积到雇主、商店建筑者和花钱的人身上。野蛮愤慨的咒骂落到"在本城以外买东西"的人、要离开本镇的人和骑墙观望的人头上。锌版印制的散文式、诗歌式的邀请投递给所有"我们的"城镇之外的人,邀请他们到这里投资,购物。

通常,编辑都以作为雇佣兵开始,以成为爱国者结束。这符合人性。几年后,如果顺利,投入就会产生回报。也许,城镇已完成了突然发展期,以前的护墙板已被密尔沃基砖和打磨的石块取代,尽管图案难看,却是永久性的。棚户旅馆已变成大型客舍,能容纳二百客人。穿长袖衬衣、曾以店员身份为你服务过的经理,现在,穿着漂亮的绒面呢外套。需要提醒他,他才能记起第一次见面的情景。别墅几乎占据了郊区,呈现着最异想天开的趣味·爱好(早期,异想天开是不受约束的)。在沙龙对面,草原大篷车曾深深陷入泥坑,得用铲子挖出来的地方,现在叮铃铃跑着马拉大车。贝尔电力公司年底的分红相当可观。然后,当你光顾浏览商品,经理告诉你假如你"一直坚守在本镇",你已是什么样的百万富翁,这时,你是否突然感到自己变得老态龙钟?

或者相反——繁荣的底座坍塌了,新建的市镇死了——就像一个年轻人的尸体躺在晨光里。成功没有复制出成功。一万人剩下不到三百个,都住在郊区砖砌街

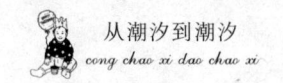

道边的临时棚屋里。旅馆房间里落满尘土,像个巨大坟墓。工厂的烟囱冷冷地站在那里。别墅的门窗没有玻璃,车道上野草火一样燃烧,嘲弄着空空的商店上那傲慢的广告牌。没什么可做,除了在溪流中捕捉被城市下水道污染的鳟鱼。主涵洞里有一条两磅重的鱼正在摇头摆尾,桤木从这里爬上了城墙。你花了钱,多多少少地,你拥有选择权。

当一个人经历过一番类似的盛衰起伏之后,他可以说他活过了,然后,可以和他的敌人在门口握手言和了。他又听了一遍一千零一夜的故事,并知道这些浪漫故事的内核,不是吗?小道消息消失了,露出它们的实质,因为科特斯并没死,德里克也没死,如果你眼光足够锐利,你会发现每几个月菲利普-西德尼爵士都要死一回。老辈的探险家和勇敢的船长们都改变了他们的装束和职业以适应新世界的要求。几个月前克莱夫从洛本古拉下来,坚持说那里有一个帝国,很少有人相信这一发现。十年前,黑斯廷斯在约翰内斯堡的一个波纹铁屋顶下面研究南非地图。从此,他为大英帝国扩大了版图,但这个帝国的心却被投票箱和小道消息占据。今日的堂吉诃德住在澳大利亚北海岸,在这里他发现了一艘西班牙沉船。时不时,他用矛刺死一个藏在他床底下的黑家伙。年轻的霍金斯,由更年轻的博斯科恩陪伴,去年仍在追逐贩卖奴隶的独桅帆船。现在,他们又把他派到桑给巴尔岛,硬把他弄成一个舰队司令。勇武的桑多瓦尔在过去的十四年里随时都可以扼住墨西哥共和国的咽喉。其他人，都是了不起而不惧担当重任的角色，现正在世界各地买卖马匹，开路架桥，喝桑加里酒，经营越过树带界限的铁路，在河里游泳，炸掉树桩，在无人烟之地建起城市。只是人们根本不相信这些。他们太接近物质享受而且营养太好。所以他们用最冷血的现实主义谈论此事："这是罗曼司。多有趣！"或者淡漠的经验主义式的现实主义："这确实是罗曼司！"只有下个世纪再回首它的历程时，才能清楚地辨别出我们这个时代的英雄。

与此同时，我们的地球——我们拥有它相当大的一部分——充满了奇迹和神秘。而且公认地，能行万里路，踏遍全球，观看和倾听它的故事，是多么美好的事情！

一面之辞

（新牛津，美国，1892年6—7月。）

"事实是，我们住在一个热带地区，只不过我们没有意识到而已。看看这个。"他递过一张报纸，上面罗列了一个长长的因中暑死亡的名单。所有处于令神经崩溃的压力下的城市都公布了它的死亡名单。报纸，尽管也是速度的信徒，恳求读者在热浪袭击时待在凉爽地方，不要工作过度。河床露出被太阳烤干的卵石。原木和伐木工被干旱困在康涅狄格州。铁轨边的草被机车冒出的火星点燃。人们不戴帽子，不穿长衣，躺在车站的阴影里大口喘气，几个月前，这里的气温还是华氏零下三十度，现在，即使阴影下的温度也达到华氏九十八度。主大街——你记得我们去过的春天被封锁在雪里的佛蒙特小镇的主大街吗？——已没有生命迹象了，一面下部印有政治家名字的美国国旗像木板一样僵硬地下垂。一些人穿羊驼呢外衣，手执扇子，蜷缩在一家旅馆外廊的夹板椅子上。其中

从潮汐到潮汐
cong chao xi dao chao xi

有个美国前总统。这一切让人产生一种印象,整个国家的家具都被搬出门外,进行夏季大扫除。没有什么比一个回到本来地位的前总统更绝望的。星条旗标志着主大街上的总统大选已开始了——又结束了。政治在夏天的酷热中蒸发了,或者如一个老说法所言,"佛蒙特必落入共和党之手。"这个国家的风俗是把大选的混战和烟尘拖延几个月——以改善生意和行为举止。但是,来自康涅狄格河谷的大选噪音很微弱,消失在蝗虫的奏鸣之中。它们的音乐刀锋一样切入夏季的炎热。随着时间的推移,这确实要成为一个热带国家。风暴潜入并咆哮在被暑热围困的山野,吐下几滴雨水,匆匆而去,留下比以往更死寂的空气。林中,甚至忠实可靠的泉眼也减少了流量,松树和凤仙花吐出所有的香气,等待风捎来降雨的消息。铁线莲、野胡萝卜、吉卜赛花在篱笆和大路之间默默忍受,灰尘满面。草场上被烤成亚麻色的秋麒麟草看上去像磨光的铜器。山中大路拱面上的一团烟尘显示球队正在比赛,房子的木顶在蒸腾的热气中闪烁。头顶上,扑食鸡的老鹰是唯一在工作的生物,它尖锐的风筝一样的叫声吓得那些在泥土里刨食的小鸡慌忙跑到妈妈那里。红松鼠好像在油核桃树间忙着什么正事,实际上,它是在盗窃。过路人一走,它就停止叽叽喳喳,爬回微风吹动它尾巴的高处。从一个草场的凹处传来割草机缓慢而漫长的呼噜声和马匹疲惫的喷鼻声。

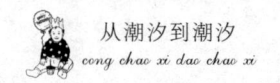

房子的用处仅是在里面吃饭睡觉。其余的生活是在外廊度过。人多时,会有三伙人经过门廊,交换一下天气和燕麦长势的新闻。燕麦生长期是农闲时节,人们开始认真考虑拾起夏季丢在一边的营生。他们要做这个做那个,"一旦抽出时间。"——这个短语的意思等同于西班牙语的"manana",印度北部的"kul hojaiga",日语的"yuroshi",毛利语的"taihod"。唯一能"抽出时间"的是乡下的夏季寄宿人——逃离燃烧般酷热的城市避难者,她通常是个女人。她散步,研究植物,拍照,从白桦树上剥皮,用以制作系着蓝色缎带的废纸篓,农村人用惊奇的眼光看她。更让农村人惊奇的是穿鲜艳运动衣的城市职员,他们一年有两个礼拜的假期,明显有花不完的钱。而这些钱只是通过"坐在桌旁,写写抄抄"就容易地挣到手了。农夫妻子注意到城里人的时髦装束。从他们身上,农村人对城市生活的美形成了基本的印象,这种生活足以让他们的孩子责备父母把他们生在农村。运动衣和城里制作的礼服无意中成了为城市招募大部队的征兵广告。由于一个人的职业对另一个人有一定的神秘性,城里人反认为农村人肯定是满足而幸福的。一个夏季避暑胜地就是一个观察大西洋沿岸各州方方面面生活的窗口。记住,每个人都恨不得在六月和九月逃离大城市,不是出于游玩,而是出于难耐的炎热。于是,有了几百万人的大撤退——富人的妻子们在乡下待够五个月,其他人能待多久待多久;物以类聚,他们按阶层、种族、地域等组成社区,遍布从缅因到加拿大沙格奈河上游,几个内陆州的山峦和温泉,以及坐蒸汽船到达的锡特卡等广大地区。他们把钱花在旅馆、成千上万的农场、出租土地供狩猎的私人公司、游艇和独木舟、自行车、鱼竿、小屋、阅读俱乐部、营地、帐篷以及所有他们能想到的奢侈品上。但他们大多数人不知道还有其它奢侈享受。当然,他们走到哪里,电报和电话跟到哪里,以免他们忘了还有生意要打理。

再也没有比看到这样的情景更令人哭笑不得了——一个不穿外套、靴子溅满淤泥的百万富翁,帽子上装饰着几只钓鱼用的假蝇,手里提着一串小鱼儿,在一个边远的"健康度假地"疯狂地击打着电话机号码。如此这般:

"喂!喂!是的。你是谁?哦,好吧。继续讲。是的,是我!喂,你说什么?重复一遍。卖了多少?四十四点五?重复。不!我告诉过你等一等。什么?什么?谁买了?等一下。打电报给对方。不,等等。我要回来。(看表)告诉席佛,我明天见他。(转过头对妻子,她在早晨十点戴着钻石戒指。)丽齐,我的公文包在哪里?我得走了。"

他回去了,吃在旅馆,睡在空房子里。度假地很少见到男人,就像四月末在印度的山区站台上一样。女人告诉你她们的男人不能离开,即便离开了也是痛苦的。像这样妻子群体抛弃他们的丈夫是否有益的问题就留给那

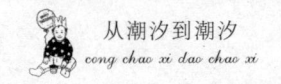

些懂得盎格鲁-印度体制的美好的人去回答吧。

只要瞥一眼旅馆的表格,就知道男人和女人们都多么需要休息!这个事实如此明显,那些尚未了解忙乱和担忧为何物的外人,强烈感到要把这群扰扰不安的人放到床上,一天睡上十七个小时。我曾在美国不同的地方询问过不下五百个男人和女人,为什么他们垮掉了,看上去创伤累累?他们回答:"如果你跟不上美国的进程,就会被抛在后面。"女人的脸上带着恶意的微笑,回答:没有任何外来者能发现她们忧虑和紧张的真正原因,或为什么她们的生活被安排成这样——在最短的时间内承受最大的压力。现在,且不谈那些男人的愚蠢,我已明白女人麻烦的来源了。那个东西就是没有帮助。美国男人可以给予他们的妻子数不清的礼物,却忘了或不能给予她们好的仆人。这个可耻的问题影响了百万富翁,也影响了小城镇公寓里的普通家庭。"是的,对此置之一笑很容易。"一个女人激动地说。"我们筋疲力尽,我们的孩子也筋疲力尽,我们总在担忧。我们能做什么?如果你生活在这里,你就会知道,这是个奢侈品泛滥、必需品缺乏的国家。知道了你就不会笑了。你将知道所说的女人把丈夫带到寄宿舍,因为永远不会有个家。你将知道一个爱尔兰天主教徒意味着什么。男人们从不觉醒,从不顾及一下这些事情。如果女人有选举权,我们将处理这些问题。我们将把所有爱尔兰人关在门外,给中国人打开大门,让女

从潮汐到潮汐
cong chao xi dao chao xi

人得到一点保护。"这是含着恼怒的灵魂的呼喊,是真实的。现在,我再也不嘲笑这场依靠低效奴隶的低效服务进行的生命竞赛了。下次,当你在英国为家务事和值得尊敬的、和蔼勤劳的瘦小女仆——她一口一个"夫人"——发生争执时,想想美国的乞丐劳工——六千万个没有臣民的国王的妻子们。即便用一生的时间,也没有人能完全明了这一难题,除非他亲身踏入这个竞技场,和瑞典人、丹麦人、德国人,还有难以言说的凯尔特人扭斗一番。然后你才能感受到一个人在与邻居的赤裸裸的竞争中把自己摔成碎片究竟有什么好处,与此同时,他的妻子在厨房里像原始野蛮人一样挣扎劳作。在印度,饥荒发生时,生命就从你眼前的荒凉和痛苦压力中反弹,重新开始。而这里,这部机器的吵闹和喧嚣盖过一切,拒绝被压制和征服——就像乱套的客轮发动机的轰隆声突然停止,旅客的眼神透露出这样的疑问:制造这个东西,还有我们付钱给它,是为了让它把我们安静地送到港口,为什么结果却不是这样呢?只有在这里,这台拼凑在一起的机器永远在耳边回响,那些拥有节省人力的电器,把"睡眠获取能量"当作信条的人们,围着它乱转,修修补补,加点润滑油,制造出更多的噪音。这是台新机器。某一天,它将成为世界最好的机器。因此,一些业余发明家加上一大堆人拿着笔记本,敲敲这个螺丝,那个螺母,摸摸线路,记下循环,时不时叫喊一句:这是美国式或那不是美国式。同

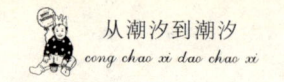

时，人们不必要地死在车轮下面，而这被称作"倒在生活的战场上"。

神知道生活不仅仅是战斗，还有更多的内容，但是我们看不见，所以我们继续盲目地崇拜杀人的刀子和摧毁我们的车轮，就像流浪的清洁工崇拜"荣耀的扫帚"拉尔-贝格——他们职业的化身一样。但清洁工却有足够的清醒不被工作累死，还保留对自己职业一定的荣誉感。

外国人谈论这些几乎没有什么用；因为养育了这种狂躁不安的贫乏而枯燥的血液同样也养育了那种野蛮狭隘的骄傲——不容一点批评指责，随时为一句不入耳的话而尖叫。东部城市的人承认他们和他们的女人们悲哀地劳动过度，随时都会身心崩溃，其结果对年轻人而言也不令人愉快。但在陌生人面前，他们更愿意谈论他们这片大陆的未来（跟他们现在的状况毫无关系），大声呼唤美金偶像——罗列他们的航运公司、矿业、电话公司、银行、城市，以及其它的零零碎碎，他们的神祇就建立在这些东西上面。这个国家不像有些书所言是靠脑力资源进步的，而是像古时的大蛇一样靠腹部行进。长此以往，一个行走缓慢的人种将接管现在的脑力劳动，他们的肠胃缺乏想象力，神经错位。

这一切对于外国人而言会产生一些抚慰效果。他意识到，紧张压力在年轻人中孕育不耐烦，他们将像顽童一样无组织无纪律。不耐心又滋生和培育出暴力倾向和恶言恶语。急躁和粗心大意,又被懒惰激发,将产生无法无天,当无法无天发展到极致,就只好求助于暴力压制。无法无天又滋生反叛(已品尝过一次它的恶果),反叛又正中居心叵测之人的下怀。拥有权利的人民是些什么人呢?他们马虎大意,忽略制定法律和执行法律的严肃性;这些人,有时一年两次,有时一月多次,走上大街,虚掷他们的力量和呼喊,用绳子勒死其他人。据说,他们是守法公民,刚刚执行了"人民的意志"。这恰似一个人整整一年不整理文件,文件乱七八糟,然后拿起斧头,击碎书桌,高叫:"谁说我不整齐有序?"还有那些律师,平时清醒成熟,当为杀人的警察辩护时,却说"人民站在法律的背后"——这些法律从未实施过。目前,仅仅有半部正确的法律可望得到认可。但是在正式宣布之前,他们紧张而焦躁地在狱中和码头臆断嫌犯和狱囚,裁决国与国之间的纠纷。伦敦、横滨和香港的生意人在和纯粹的美国人做生意时有一条准则,就是让他等待,等待能让他发狂,就像让一匹驾着车的已疲惫不堪的马站立不动一样,那家伙会受不了。这个外国人还发现这里的人们在言谈举止和思维方面有上千个怪癖,无非是神经和肠胃长期处于摩擦压力的结果,在一个法制混乱的世界是最不起眼的小事。恰似一群骚动不安的牛的角喀拉喀拉碰撞在一起。这一切都很好——对于那些居心叵测、暗暗等待的人来说。

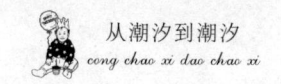

另一方面，我们要人道地对待这一问题。有成千上万可爱的男人女人精神崩溃，仅仅因为如果不跟上进程，他们就会被甩下这一可怜的理由——他们被甩到野草丛中，衣衫褴褛。偶然在街上遇到的年轻人，向你谈起他们的神经问题，那是些其他年轻人不该知道的事情。朋友的朋友神经虚脱地倒下；火车上无意听到人们谈论他们自己和他们亲戚的神经；小孩子换乳牙前就要忧虑他们的神经问题，中年男女有同样的问题，老年人也在不停的劳作中丧失了尊严，报纸上的广告证明我所言非虚。凌驾于这种群体的焦虑不安之上，是一种有意识的新人类对自己创造的新"刑具"——让死亡率上升的刑具——的变态的骄傲感——就像一个孩子在游行的火焰和尘土中感到的骄傲一样。难道这不是"特别的美国化"吗？是，又不是。如果所有的城市都美国化了，那么，五十年后，我们会看到这一次游行突然停止，就像一辆机车因轴承过热而不得不停下。

草地上的割草机平静了，马匹在颤抖。最后一缕光线从莫纳诺克山顶消失，四英里之外主大街的电灯亮起来了。人们赶着马车从普特尼、马尔博路、吉尔福德，甚至新芬尼来听音乐会，看前总统。草场的高坡上，慢慢走过来两个人，没戴帽子，双手松松地在身体两侧摆动。他们不匆忙，他们从未匆忙过，他们将来也不会匆忙。他们是乡村人，是不断破产的城市真正有血有肉的供养人。他们的孩子也可能成为苍白的夏季寄宿者,但就像那些城市养育的野草一样的寄宿者那样,他们最终可能回来接管他们父辈的农场。一个人从田垄走向城市的人行道,最终还要返回田垄。

"去吃晚饭?"

"是的。"缓慢地走过一片未割的草浪。

"玉米仓该油漆了。"

"有时间再说。"

他们消失于黑暗,没有说再见,也没有挥手示意,步伐稳定。像这样的人有几百万,笨拙的,固定的,沉默的,说话不转弯抹角。他们不出现在城市的报纸上,你也听不到人们在街上谈论他们,外人在对美国的评价中也很少提及他们。

但是,他们是真正的美国人。

几篇冬日笔记

（1895）

我们一直在和季节齐头并进。开始的时候，第一个根芽刚从四月的雪地中冒出，而草地底部依然冰封雪裹。在林间的阴影里和吹积的松针下面，一团一团的雪块到了五月都不融化。但无论季节还是花朵，都不在意这些残雪，我们尚未确定冬天是否过去之前，上帝的使者已穿着新衣来通报夏天已到达山谷，并询问它是否能驻跸在花园之中。

夏天，狂暴，骚动不安，紧张，玉米和烟草要在短短的五个月内成熟，草场换上新装，落叶被新的绿色地毯覆盖。七月里某个闷热的日子，夏天还在忙于工作的时候，突然，它从西北唤来一阵风，这阵风吹过钢蓝色的乌云，邪恶而激烈，夹带着冰雹，来去不过十分钟。但它已用倒伏的大树阻塞了道路，掀翻了一个谷仓，而且——把土豆从泥土中刮起！这事儿完了之后，一朵哑铃状的白云从

从潮汐到潮汐
cong chao xi dao chao xi

山谷里旋转而下，飞快划过蓝色夜空，喧嚣又扭动，扭动又喧嚣，独自舞蹈。一阵西印度洋的飓风也比不上我们的小旋风快，当花园的玫瑰踮起脚尖像小公鸡要打鸣，路边六十英尺高的榆树连根拔起，落满灰尘的道路三分钟之内变成汹涌的激流时，我们感到新英格兰的夏天具有克里奥尔人的脾性。她离开了，面色绯红，愤怒地摔打着她身后的房门，这时候，秋天，这位有教养的女士，接管了她的位置。

没有笔墨能描绘出秋天叶子的转变——树木用起义暴动反抗一年即将结束。一棵小枫树是始作俑者，在一片深绿的松林带前面，它突然烧了一把血红的火。第二天早晨，沼泽里的漆树发出回应。三天后，眼力所及之处的山麓都熊熊燃烧起来，路面铺满深红与金黄。湿润的风吹起了，毁掉了这一大军的美丽制服；橡树，曾经如此矜持，屈服了，露出单调的铜色盔甲，僵硬地听任风吹落最后一片叶子，最后，只剩下铅笔画一样的枝条，树林最隐秘的部位都暴露无遗。

霜期可能从九月一直延伸到来年五月中旬，所以，夏天几乎没时间给叶子上釉和绣花边。她的姊妹们带来了礼物——春天的礼物是风信子、六角星花、杜赫、矢车菊，及藤蔓拖曳的野草莓，它们像真正的五月一样散发着超凡脱俗的气味；秋天带来了满怀满抱的一枝黄花、各种各样的紫苑、石竹、奶白的丁香。当这一切表演完毕，幕布就落下了。大自然在幕后转换场景的工作是无声无息的。在热带的夜晚，你可以听到植物的生长和腐烂。即便在英国，冬天的风也有它固定的套路和意图。但这里，所有这些都是疯傻的。最后的钳工活儿是一条拖曳的黑莓藤蔓，完全是一块常规没有新意的铸铁，被随手丢弃在染霜的草地上。大自然炉膛里蓝色的火花正在熄灭，侧向飞散着樱桃红的火星。明显地，我描述的是林子里一些看不见的门；但是，我们永远不会发现背后工作着的人，虽然他留下了像离群的鹿一样的蹄印。一周之内，严霜拿着镰刀和锤子猛砍和击倒路边的野草和为小路竖起一道篱笆的灌木。

在这里，季节停顿了一会儿。秋天走了，冬天还没来。一段空闲时间被分发给我们——纯粹、清澈、新鲜的时间——供我们享受造物主的恩典。农场的白色木屋周围堆积起两尺深的落叶和泥土，伐木人出门为冬天储存取暖木材。砍树是一门艺术，伐木者是艺术家。他自己制作斧柄，对每个人来说，世界上只有一块完美的木头适合他。他永远也找不到这样一块木头。他只能找到一块最近似的替代品，砍削，修理，做得匀称均衡，以达到这个要求。我认识一个人，他的斧头几乎可以跟祖鲁英雄阿姆斯罗普加斯的武器媲美。斧柄几乎是直的，尾端用皮革绑起，非常有弹性，斧头是双刃，一端用来裂缝，一端用来砍削。如果他精力充沛，他可以让一棵树倒在任何你选择的石头或棍子上,山上或山下,左或右——什么艺术家能像他这样随意表达自己的情绪?他却说这不算什么。任何人都可以在空地上摆弄一棵树,但要在密林中砍倒一棵树而且不造成伤害需要高超的技艺。看一棵高八十英尺、底部直径四英尺的枫树灵敏地倒下,就像甩鱼竿一样,而且不损伤和扫掉周围五十棵小树的头颅,确实让人大开眼界。白松、铁杉、云杉、枫树、黑白桦树、山毛榉分享这片土地。枫树似乎不挑剔,到处扎根,白桦在每一个露营地的外围蔓延和抖动;松树抱成一团,像军团一样,只要看到一小块空闲的草地,就发起小规模的进攻;当第一场雪粉末般落在岩石的壁架上,几英里远的树木在风中像教堂管风琴一样歌唱的时候,再也没有比松树更温暖的大衣了。

青苔和地衣,绿色的,硫黄色的,琥珀色的,点缀着覆满松针的地面,羽毛般的扁叶石松漫无目的地前后左右攀爬,拼写着不为人读懂的字符;林子外缘生长着鹿莓越橘,松鸡(有环状羽毛的牢骚鬼)在这里觅食。沿荒凉的伐木路边,五颜六色的毒菌从腐烂的树根冒出;山坡突起的绿色或蓝色岩石底部,密密麻麻地布满了垫子一样的松针。经阳光一照,石头和它的环境就像绿松石镶嵌在没有生命的金子上。林中充满色彩,条状的和斑点状的,野蛮的色彩——红黄蓝。山中小屋空无一人,因为人们不愿走进暗处。松鼠在路边的榉树和山胡桃树上忙碌,从那里它们可以看着行人并交谈。这里没有灰松鼠,它们的肉味道鲜美。五只红松鼠艰难地生活在一株胡桃树上,好像从不入睡。旱獭是战略家,把洞穴挖在田野中间,这样,在你看见它之前它已看见了你。时不时地,一只狗拦住它的去路,这场战斗就值得一看了。但旱獭很久前就入眠了,直到来年四月才醒来。浣熊——没有人确定浣熊生活在什么地方。但是,当狩猎月满盈时,它就来到玉米地里,人们驱赶着猎狗追逐它,因为它的毛皮可制作上好的大衣,它的肉尝起来像鸡肉。它在夜里嚎叫,像迷路的孩子。

好像任何地上移动的生物,他们都杀,且都有原因。他们射杀鹰隼,因为罕见;射杀狐狸,因为皮毛;射杀红肩膀的黑鸟和巴尔的摩金莺,因为漂亮;射杀其它的小动物,为了娱乐——法国人的娱乐方式。你只要花十二先令就能得到一支来复枪,如果某个邻居愚蠢到贴出告示:禁止打猎和钓鱼,那么,人们就专钻他的林子。所以,这个国家非常沉寂而缺乏生命迹象。

然而,几英里内有熊出没,你可以从这个当地烟草商贴出的通知看出:

"约翰尼,拿起枪,打熊去!"

由于在佛蒙特的皮尔特维尔角一带熊很多,所以周围乡镇的猎手也收到邀请,参与蓝山的大围猎,星期三,十一月八日,如果天气允许。如果天气不允许,天气一晴就

从潮汐到潮汐
cong chao xi dao chao xi

开始。一个人来也好,全部人来也行!

他们去了,但是熊却缺席了。通知是在一个电力印刷公司印制的。奇怪的混合物,不是吗?

熊是不允许任意游荡的,但是,它们有一种对猪和小牛的偏爱,为此,它们受到惩罚。坐十二个小时的火车,再步行一段路,就到了驼鹿的乐园;从这里再走大约二十里,乌鸦飞翔之地,是原始的林带,这里是设陷阱诱捕野兽的人居住的地点。林中有一个桃花源式的"失落的小湖泊",很多人只见到过一次,再想找却怎么也找不到了。

羊群能走多远,人就跟着走多远,铁路延伸到哪里,人就到哪里安营扎寨;山区的居民稀少,在他们所属的州之外,几乎没人知道他们的存在。他们在十一月份离开人烟密集之地,来到高山地区,来年五月雪融化时又回到山下。不到一代人之前,这些山上农场还自己纺线织布,自己制作肥皂和蜡烛,一年三次宰杀牲口:牛、小牛和猪,有时静坐着打发时光。现在,他们在商店里买衣服、肥皂和煤油。在他们的帐篷里,摆放着镀金封面的总统传记和二十磅重的家庭圣经,发亮的结婚登记证书,纪念死者的卡片,受洗证书,上百幅真正的钢板雕刻。在远离大路的偏僻小路,种子和野果繁盛的荒野,出没着江湖医生和兽医——卖所谓的电磁药片和治神经痛的药物,等等。我猜想,他们吞服了不少,因为那些穷家庭不知道神经崩溃为何物。江湖医生赶着两匹马拉的、漆得很华丽的马车,车上有个顶棚,有时候他还带上妻子。我只遇到一个步行的小贩子。他是个老人,因中风而颤抖,他推着一个完全像埋葬乞丐的破车,卖针线、胶带、香水、调味品等。即便双手打颤,他的生活完全自理,他给我讲了一个长长的故事,他曾拥有一个农场,后来抵押给了一位家庭成员。他很为自己依然能够在山路奔波而自豪。有时他走六英里远。他不是李尔王,倒更像漫游在旷野的犹太人的一个未知的部落——一个颤抖的举止反常的老流浪汉。有很多类似的漫游者,比如阉小马驹的人,他们旅行的范围很广,向南几乎到达弗吉尼亚,北到边界,用谈话和小道消息娱乐自己。

真正的流浪汉很少,这很好,因为美国法律把这些来自印度的犯罪部落的吉卜赛人看作游手好闲的恶棍。晚上千万不要在佛蒙特的农场乞讨。这些吉卜赛人春天在河边扎营,按他们部落的方式钉马蹄铁。他们有吉卜赛人的长相和吉卜赛人的名字,但大多与外族人混血了。

冬天把所有这些有趣的人们赶往南方,几周之内,如果有雪落下来,就没有人再走访偏远的农场,除了赶着带顶棚的雪橇的医生。冬天在这里行医可不是闹着玩的,有时会陷入马鞍那么深的积雪。有的医生一天用四匹马,用到筋疲力尽——因为他们是好人。

很可能,就在这巨大的白雪覆盖的寂静中,诞生了这里的作者所写的新英格兰的良知。有太多的时间思考,而思考是危险的行当。良知、恐惧以及未消化的阅读,都进入高潮。一个人,尤其是女人,很容易听到奇怪的声音——上帝的声音,在死寂的山间滚动回响。他们还可能看见异象,梦见神迹,得到神启,和圣灵的浇灌,最后(这种事情总是以此为结束)令人痛惜地隐退到康涅狄格河边所谓的灵修会所里。仇恨和宗教同时滋生——那种邻里间的深深的、勾心斗角的仇恨,由上百件小事酝酿发酵,在夜晚的火炉边两三个人的长谈孵化而成。如果对争斗和谋杀做一统计,看看有多少发生在春天将是有趣的事。但对于专心的人来说,冬天对眼睛而言是长时间的享受。其它地方把雪看成是自来自去的麻烦事,带来一些重体力劳动和脏乱。这里,雪在地面上的时间比任何庄稼的生长期都长——有时从十一月停留到四月。一年中有三个月是伴随着雪橇铃声度过的,雪橇铃铛并不像某个南方人所说是虚饰,它是为安全而设置的。人们不喜欢没有铃铛的雪橇。雪是最好的晴雨表,它预告你什么时候适宜驾雪橇,什么时候闭门不出。雪是洒在多石的牧场的肥料;它给地面裹上大衣,保护管道不被冻裂;它是美国最好的——我几乎要说唯一的——铺路者。另一方面,它在夜里积累加厚,迫使人们像埃及人一样坐在家里,无所事事;它切断邮路,邮件无法到达;它把所有的行车时刻表变成一堆废物;熄灭几十个镇的路灯,在从家门口去喂食牲口的路上把人冻死;没有人能在经历了

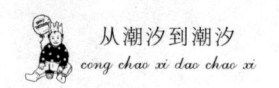

哪怕是一场一般的新英格兰暴风雪之后,还能保持对雪的轻描淡写。想想八小时四十分钟的狂风,温度远低于零下,风咆哮着在刚落下的几百英里广的雪野上挖掘,穿凿。空气中充满了刺痛人脸的雪霰,看不见十码远的树木。黑曜石一样的岩石滑不可行,一块暴露在外的路面被风剥了皮,摔落在初冬肮脏的冰上。一道看不见的墙阻挡了雪的狂奔,这里的积雪已埋过腰部。一个陡峭的雪坡在路上隆起。风向稍稍变动,沉寂下来,像玻璃沙漏里的沙子落入底部,留下一个漩涡状的大坑。出现了短暂的寂静,你可以看到原野表面躁狂地向同一方向下沉———片潮汐在树间涌向远处。草场的凹处在眼皮子底下被填满;空地满了,又排出;一道岩壁赤裸的侧面,显露出一架被风追逐的班机的光秃侧面,一会儿白,一会儿又潜了下去。在几股风相遇的谷仓背面,不负责任的风魔们在狂舞,又蹒跚着闯入开阔地,最终被更大的风拦腰切断。风暴最糟糕的时候,没有天堂也没有地狱,只是一个巨大的鸡尾酒搅拌器,人在这里可能被搅拌成饮料。距离变成了噩梦,夏天十分钟的路程,成了半个小时的气喘吁吁的挣扎。谷仓像航行在海中的船一样嘎吱嘎吱作响,椽子和椽子相互挤压。储存的冬草上是一道一道从木板缝间吹进来的雪,下方的牛棚里,牛角碰撞,牛不安地发出叹息。

第二天是让人喘不过气来的晴蓝和寂静。农夫铲出

从潮汐到潮汐
cong chao xi dao chao xi

一条通往牲口棚的道路,用链条把大犁绑在最重的木雪橇上,驾上尽可能多的牛。就这样,他们驱赶着,拖曳着,弄出一道垄沟,以便马在上面行走。牛由于不断地在深及腹部的雪里跋涉,所以很容易站稳脚跟。开出的道路是在三尺高的雪墙之间的两道深沟。这里的习俗是,较重的雪橇有道路优先权,较轻的雪橇如果非要出门不可,就得强迫不情愿的牲口进入齐腰深的雪里,雪橇是否能稳步前进,只有神知道!

在城镇里,大雪抽噎,喷溅,气喘,变成一场恶作剧。我们这里,它安静下来:但是,风雨和太阳开始做工了,每天都在改变它的质地和颜色。雨给所有的东西制作了一个颗粒状的硬壳,反映着树模糊的影子。浓雾上下游动,创造出一种类似海市蜃楼的景观,然后定居下来,包裹住尖顶似铁的山岗,你可以想象月亮此时看上去是什么样子。黄昏时,山脊、山坳和高地的沟壑呈现出巨大忧郁的海滩的样子——夜晚降临,这里变成妖精的乐园。往西,铁锈红和珍珠般的暮色,无边无际的海岸,等待着潮汐回流;往东,山谷黝黑,圆圆的山坡表面的微光不比月亮上的蜗牛石更亮。冬天有一两次,北极光会在月光和阳光之间出现,因此,两个天体的光又掺入了极光的跳跃和闪耀。

一月或二月,大风暴就来了。树枝都变成了刀片,树干被冻雨紧裹,因此,你摸不到任何真实的物体。松树的

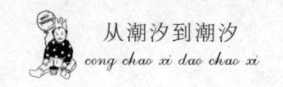

尖顶变成梨形的晶体，每一根篱笆桩子都神奇地插入镶宝石的刀鞘。如果弯曲一个枝条，它的冰壳儿就像清漆一样破裂，半英寸粗的枝子轻轻一碰就断为两截。如果风和太阳同时开始新的一天，眼睛就无法直视这个光彩华丽的珠宝世界。林中充满了树枝的碰撞声，雄鹿在逃逸时角的回响，林中空地兽群奔跑的脚步声，烟尘升起，冰块被踏碎，战斗结束后，树林又回到本来样子，轻轻哼唱。温度计又掉到零下二十多度，树木昏晕。雪变成法国白垩，在脚跟下吱吱叫，牛的身上蒙上白霜。晚上，一棵树叹息一声，心碎了。书上说，霜冻会冻裂一些东西，但这种声音很恐怖，像一个受惊的人的呼叫。

真正的冬天，牛和马是不能在野外游戏的，所有动物都回家了；由于耕犁五个月之内不能下地，人们几乎没什么可做。实际上，乡村生活有趣的事是广泛而特别的。如果把一个自尊的人闭门谢客的时间除外，白天并不那么长。想一想！凝固的不受打扰的时间像坚实的壁垒。太阳在特定时间升起。太阳在确定时间落下。人们对此了然于心。因此，以理性的名义，为什么我们还要用一些徒劳的苦工让自己烦恼？偶尔，一个城里人喘吁吁地来到这里办事。这里的安静空闲让他听到自己的心跳——很少人听到自己的心跳。几天之后，当他的急躁情绪镇定下来，他就停止谈论什么"成功"和"被甩在后面"之类。他不再急于成就什么事，他也不再频繁地看表，而是把表

从潮汐到潮汐
cong chao xi dao chao xi

放在它应该在的地方。最后,不情愿地,多多少少开化了点,他回到城市,很快又遭到几千个战争的粗暴对待,这些战争的呐喊在乡村听不到回音。

杀死细菌的空气同样使报纸干燥。这些报纸可能是明天的,也可能是一百年前的,它们和今天毫无关系。今天——漫长充实、阳光灿烂的今天。我们和报纸的兴趣点可能不在同一水平,但更复合多样。一个外来的物体——在这个深海静水中出现的一个陌生雪橇——必须得到说明和解释,否则,公众的心会因好奇而爆裂。如果这是巴克·戴维斯,驾着用小马驹换来的白骡子,穿着从西维尔拍卖会上买来的雪橇服,那么,住在河边平地上的戴维斯,为什么要穿越我们的山岗,除非是莫德尔洼地被大雪封锁了,或他有野火鸡要卖?如果是后者,他肯定要在这里经停,除非有大批火鸡,他才直接奔向镇子。雪橇后面口袋里传来了哀鸣声,原来是一头小牛,莫非他要去波士顿市场把它卖给屠宰场,换成一美元?但是他改变路线的原因还是没有得到解释。两天的焦虑不安之后,人们转弯抹角地发现,巴克是去拜访奥尔森·巴特勒,他住在高山牧场上,那里,风在花岗岩上刻下斑斑伤痕。柯尔克·戴明告诉奥尔森,黑山后面有狐狸。奥尔森的长子去莫尔德洼地为寡妇埃米顿新建的谷仓伐木时,顺便告诉巴克是否可以来父亲家谈谈猪的事。实际上,老巴特勒想去打狐狸,他想借巴克的猎狗用用。于是,巴克就按

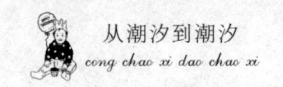

时把狗送来了,顺便到镇上卖掉小牛。老巴特勒没有一个人去猎狐,而是等巴克从镇上回来。巴克把小牛卖了一美元二十五分,而不是像某些人猜测的那样是七十五美分。之后,巴克和巴特勒一起去打狐狸了。把这一切都搞清楚以后,每个人都长出了口气。生活按部就班地进行,除非有什么奇怪的相反的事情发生。

一天五到六辆雪橇是可以接受的,如果我们知道它们为什么出来的话。但任何急迫繁忙的都市交通都会打扰我们,刺激我们的神经。

给家人的书信
（1907）

在 1907 年秋天的加拿大之行之后,这些书信发表于 1908 年春天的报纸,现在没有改动地重印于此。

通向魁北克之路(1907)

对外人而言,很难理解过去两年政治溃疡病和枯萎病交替出现并在英国顽固扎根的事实。其影响波及整个帝国版图,但在英国,你似乎可以从空气中品尝到这种东西的味道,就像我们从医院的茶水里品尝到碘仿和黄油的味道。从目前的迷雾中,就我们所能理解,上一代所有形式的不胜任,一般的或特别的,自生的或人为的,都联合成一个大的托拉斯——把所有少数合成了多数——玩一个叫政府的游戏。现在,这个游戏不产生娱乐效果了,把那些政治家放到权力宝座的十分之九的英国人于是叫喊:"如果早知道他们要干什么,我们当初绝不会选他们。"

然而,英帝国的其它地区却感觉到这些政客的情感倾向和意图是明确的。他们先陈述自己的观点,然后用生动形象的语言加以说明,以使大众理解。他们说,每礼拜从每个劳动者的生活必需品中征收两个半便士的税是残

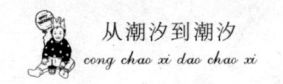

酷且不道义的,对帝国也无利可图;顺便地,他们说明,军队是邪恶的(除了英国,全世界都听到了);大体上海军是不必要的;殖民地一半的人口实行奴隶制,提起帝国的名字就让人厌烦和恶心。由于这些理由,他们站起来拯救英国;由于这些理由,他们被选上了,好像得到清晰的命令去尽快地毁掉那血腥的帝国恋物癖。目前爱尔兰、埃及、印度和南非成熟的条件证明了他们的诚实和对选民的顺从。尤其是,光是他们出现在办公室这一事实,就足以鼓舞整个社会的士气,就像一个无能的教师在教室里所产生的效果一样。纸张乱扔,书本和墨水乱飞;桌子被重击;肮脏的钢笔刺向那些想认真学习的人;老鼠被放出来,惊吓地尖叫;最终,就像总是发生的那样,恶人先告状,最不值一提的人大声宣扬他们高贵的意图,最有说服力的冤情得到不公的裁决。英国人仍然不高兴,动荡和马虎大意还在增多。

另一方面,对我们有利的是,通过把一个不胜任的政党孤立出来,就把极端分子剥离出去,就像常言所说,"让他们赤条条地了结吧。"这是用现代议会中的科学把戏满足人原始的欲望。但怎么得到免费的食物?怎么得到免费的——比如说——爱?国会法案的任何一方面,在不特别违反游戏规则的前提下,都很少关心这些。嘲笑这一点很容易,但现代社会如此紧密地编织在一起,所谓"司令部"的一点溃烂都会像腹股沟腺炎一样扩散到肢体的

给家人的书信

其它部分。一天,我去了加拿大,待了几周,主要是为了逃避国内的政治枯萎病,看看我们的姊妹在干些什么。你注意过没有,加拿大要对付比折磨我们的多得多的难题?例如,它有双重语言、双重法律,和比南非糟糕的双重政治的弊端,因为,不像英国的荷兰人,加拿大的法国人不跟自己宗教之外的人通婚,他们接受来自意大利的命令,比比勒陀利亚和斯特林波斯更缺乏中心。它还存在一些类似于澳大利亚的劳工麻烦,只是没有澳大利亚的与世隔绝,但它却有广阔的土地和根深蒂固的工会的影响力,还有一个拥有武器和炸药的邻居。最后,它还有一小块隐藏在高山背后的,与新西兰相似的土地,被称作英属哥伦比亚;新西兰由于不足以让那些年轻的雄心勃勃的人施展抱负,有些人已从那里移民到英属哥伦比亚。

　　加拿大有史以来已经历过比洪水、霜冻、干旱、大火更严重的灾难,而且,在它建国的道路上,有些路段是由两代人破碎的心铺就的。这就是为什么你可以和一个加拿大人谈论家族历史问题,而这些问题对澳大利亚和新西兰人来说,就像让一个富家子理解死亡一样难。真的,我们是一个奇怪的家族!澳大利亚和新西兰没付出什么却得到一切(不算毛利战争),加拿大三百年来一直在给予也在获取,某些方面也是最智慧的,它也应该是最幸福的。它似乎对自己在帝国中的地位毫无意识,真令人好奇。可能最近它的邻居对它施加了影响,贬低了它。我们的人在任何集会上都心照不宣地承认,加拿大在帝国游戏中处于领先地位。简而言之,它十年前就看到这一目标,而且一直在向这一目标努力。那就是为什么在上次的帝国联盟中,它的不作为让那些对帝国事业感兴趣的人奇怪:为什么它选择和博萨将军组成联军,阻挡帝国扩张的步伐?我也多次问过这一问题。答案大概如此:"那时我们没有看到英国的行为有任何正义可言,为什么我们要暴露自己,让自己得到比以前更糟糕的冷落?我们按兵不动。"相当合理——几乎太令人信服了。确实,加拿大不需要做什么——但她是帝国家庭里的大姐姐,自然对她的期待更多。她有点太端庄羞怯了。

我们最先在大西洋中客轮甲板的背阴处谈论这个问题;来来往往的人时不时插几句话,吸着潮湿的烟。旅客几乎全是地道的加拿大人,大多出生在沿海省份,他们的父辈讲"加拿大语",就像苏塞克斯郡讲"英国语"。但他们的生意却遍及整个英帝国领土。他们在自己人中轻松自在,那种令人愉悦的亲密感是英帝国大家庭每一个分支的印记,在开往家乡的船上随处可见。一艘凯普公司班轮是从赤道到西蒙镇的次大陆;一艘东方公司航轮是彻头彻尾的澳大利亚风格;一艘加拿大铁路公司的航轮完全与众不同,你不能把它与任何航轮混淆。很可惜人不能同时在四个地方出生,否则,人们就能理解那些半音和土语,以及暗示语,而不用浪费时间。这些高大的加拿

给家人的书信
gei jia ren de shu xin

大人,在细雨中吸着烟,眼睛里有希望,言谈中有信心,心中有力量;我曾经想那些在大西洋南端(南非)的其它船只上的人们多么可悲,整个四分之一的人口缺乏这些加拿大人所拥有的东西。一个年轻人和蔼地对我解释加拿大如何因有"帝国联系"而遭受损害。英国政治家如何为政治原因多次虐待她。他看不到自己的幸运,当我指出这一点,他也不相信。但他是个穿格子花呢的好人,在角落里蹒跚着,心中充满了让他自己震惊的事实和形象。年轻人用一句不可否认的话结束了他的感情爆发:英国疯了。我们所有的谈话都以此为结语。

　　置身于一种新的蔑视情绪中,是一种经验。我们理解荷兰人尖刻的讽刺,也能担当南非的自己人那无奈的愤怒;但加拿大人意义深远的、有时幽默的、经常让人不知所措的、永远礼貌的对英国的蔑视有点伤人。你知道,最近的那场不时髦的布尔战争对加拿大是很真实的。她派了一些人去,而一个人口稀少的国家比一个人口密集的国家更倾向于怀念死于战争中的人。从她的立场来看,他们死得没有价值,没有给国家带来明显的好处,无论是道德的或物质的,于是,她的利益本能,或纯粹对于子女的动物式的爱,导致她牢记和憎恨这场早该忘记的长久以前的战争。一些人谈起这件事时情绪的热烈让我震惊。有些人走得更远,乃至讨论是否英国该留在这个联邦大家庭,或者像一些著名政治家私下里提到的,英国应

从潮汐到潮汐

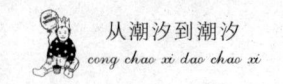

切断与她的姊妹国的联系以节省费用。一个人冷静地论证,英国一下子解散联邦和出于政治考量一个一个地把她的孩子就近卖给强大的国家没什么区别。每出卖一个孩子之前,这个牺牲品都受到一系列虐待。他引用虐待南非的五年战争作为先例和警告——这些人的记忆力真是好得邪乎!

我们的只会征烟草税的议会,下一步准备考虑,如果英联邦解散了,加拿大怎么样才能保持她的国家身份。它似乎做出了这样的判断——只要英国不帮助其它国家对抗加拿大的话(这值得怀疑),加拿大靠自己能勉强挺住。二十年前,你不会听到这样的论调。如果你觉得这个论调有点疯狂,请记住,联邦的母亲——英国被认为是彻彻底底地患了剧烈的歇斯底里症!

我们的谈话刚完,船上一千二百到一千三百位旅客中的一个跳海自尽了,在浑浊而寒冷的海浪中被击打淹没。世上的每一种恐怖都有它的仪式。这是我第五次——其它四次也都发生在这样的天气——听到螺旋桨停转,看到轮船努力掉头时,尾部的航迹弯曲得像鞭子一样。救生人员匆忙跑上甲板;一个军官来不及戴帽子就冲上前去,搜寻那个轻生者的迹象。海浪中的船看不到任何东西,首先,没有什么可看的。我们等待,在水面前前后后搜寻了很长时间。雨落下来,击打着船侧,蒸汽沉闷地从泄气阀里溢出。然后,我们继续我们的航行。

给家人的书信

航程的最后一天,圣劳伦斯河高贵安详。两岸的枫树变得血红,辉煌得就像失落的青春旗帜。作为国树的橡树也和枫树比美,它们的热情欢迎让船上的人们倍加高兴。干燥的风带来了陆地上新伐的木材、处女地和烧木柴烟火的混合气味。旅客们嗅着,眼睛变得柔和,因为他们在深爱的河流两岸认出了自己熟悉的地方——他们嬉戏、钓鱼的地方,他们假日娱乐的地方。有一个自己的国家向别人炫耀肯定是愉快的事情。可以理解,他们没有吹嘘,呼喊,尖叫,或兴奋地吵闹,他们只是一些返回家乡的平和的男人和女人。他们只不过简单而真诚地表达再次看到家乡的感情:"多么可爱!你不认为她很美丽吗?我们爱她。"

魁北克满是机车,这里有一个类似运煤斜槽的地势,通向高地,伍尔夫的人就是攀登着它进入亚伯拉罕平原的。在联邦事务中,恐怕没有像魁北克更触动心灵和眼睛的了。一切利益都汇合在这里。这里有法国,这个好嫉妒的英格兰八百年陆海霸权的伙伴;有英国,一如既往地困惑,却奇异地不公开反对法国;还有些人,一旦法国问题不存在了,命定地要脱离英国;以及蒙特卡姆,注定失败但坚定不移;和伍尔夫,这个不可避免的、经过训练的、受命来完成工作的人;最后在不起眼的背景里,一个叫詹姆斯·库克的人,皇家舰艇"水星号"的能手,正在制作美丽而精致的圣劳伦斯河航线图。

从潮汐到潮汐

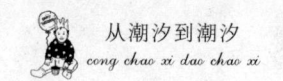

由于这些原因,亚伯拉罕平原给附加了很多美丽的东西——包括一个监狱和工厂。蒙特卡姆的左翼以监狱为标志,伍尔夫的右边是工厂。现在,令人欣慰的是,一项工程正在进行——即拆除这些装饰,把昔日的战场及其周围变成公园,这个公园就其特点和其相关的景观而言,将是世界上最美丽的一个。

尽管一边是监狱,另一边是修道院,黑乎乎的魁北克铁路废桥像一堆倾倒在河里的锡罐,这个加拿大的东大门依然是高贵庄重,难以言表。我们清晰地看到它时,云层的腹部变成冷隽的粉色,悬浮在高耸的、若有所思的、暗紫色的城市上空。就在黎明开始的地点,一个像古巴格达帝王的私人游艇一般装饰着彩灯的物体,悄悄滑过铁灰色的水面,又消失于一小块黑暗之中。三分钟后,这个物体又出现了,天光也大亮了。它垂下了主桅,船舱亮着灯,迎面行驶而来,原来这是一个肮脏的摆渡船,载满了冷得发抖的旅客。我对一个加拿大人谈起它,他回答:"噢,那是去往莱维斯港的某某号渡船。"他感到惊讶我会对此好奇,就像可可尼看到一个陌生人注视环内城铁路一样惊讶。这个渡船是加拿大人的环内城铁路——是他的锡安山,他对此感到舒适自在。他以静默的自豪提示我注意这庄严的城市和庄严的河流,就像来客迈进我们的家门,我们自己所表现的那样,无论是在南安普顿水上的一个灰色波浪起伏的早晨,或是在划艇比赛进入高潮的悉尼港;或是在圣诞节雨后经过洗礼的、光彩照人的桌子山。他感到对气候负有个人责任,甚至一片火一般燃烧的枫树都关乎他的面子。(因为西北风在这里就像东南风在别的地方,可能给客人产生不愉快的印象。)

秋阳升起,这个人微笑了,亲切而又礼貌,他说他讨厌这个城市,但那是他的。

"那么,"他最终问道,"你认为如何?不太坏吧?"

"哦,不。一点都不坏,"我回答;直到很久以后,我才意识到,这样的交换语是我们这个帝国大家庭明显的特征。

回到家乡的人们

一个乡村谚语是这样说的,"她本来是去参加婚礼,却被安排磨玉米。"同样的命运,以相反的方式,突然降临到我这次小小的远途旅行。有一个由精明的生意人组成的社交网络组织叫加拿大俱乐部。他们抓住看上去有趣的人,给他一块午餐牛排,把会员召集到一起,迫使他谈论任何他所知道的事情。这个想法可以在其它地方复制,因为它使人们摆脱自己生活的窠臼,听一听那些他们平常根本不会注意的事情,同时,也不妨碍他们的工作。这个过程还相当简短,不超过一小时,其中,午餐占了一半。俱乐部每年印刷一次演讲稿,可以从中知道很多有趣问题的剖面——从实际的林业到国家的铸币业——都是由专家来阐述。

由于我并非专家,因此,这次讲演更像是辛苦的工作。在这之前,我一直以为演讲类似于轻松会话的纸牌游戏,任何人都可以来那么两下。现在,我感觉它就像会议艺术,需要色彩纷杂的墨水去描摹处理,与任何其它的东西都相距甚远,难以控制。加拿大人似乎特别喜欢听演讲,这绝非民族恶习,他们也确实在需要的场合做出过一些精彩的演讲。你知道,有人相信,生活在棕色、红色和黑色人种土地上的白人,近朱者赤,在举止和本能方面会接近当地人。因此,用南非塔尔语作的演讲应带着深沉的卷舌音,直接来自腹部的呼吁,反复不断的巧妙论证,和几个简单的班图语式的隐喻。一个新西兰人据说从横膈膜发音,两手紧握于身体两侧,就像老毛利人所做的那样。我们所知的一流澳大利亚演讲家表现出同样的飞去来器一般的警觉,快速的闪避,清晰的表达。我曾经以为加拿大人的演讲应残留着红印第安人那详尽的对太阳、月亮和山峦的呼求的痕迹——堂皇的宗教祈祷的仪式化痕迹。但我所听到的却没有一点让我联想到原始土著人。他们的讲话中有尊严,有节制,更重要的是有分量,考虑到这片土地对外来影响的开放性,这让人惊奇。加拿大人的讲话中既没有印第安人,也没有法国人的印记,而是演讲者自身特有的东西。

　　加拿大人的体态和举止也是如此。在布尔战争期间,人们从各种角度观察他们,极有可能得出错误的结论。让我印象深刻的是,即使疲倦的时候,加拿大人也不像热带国家的人那样懒散松弛,休息时,不是仰面朝天或腹部着地,而是侧身而卧,两腿重叠,随时准备挺身而起。

从潮汐到潮汐

这次,我观察那些坐着的会众,旅馆中的人们和过路人,想象他们在自己家里和自己人中间依然保持着那种半紧张的习惯。这对于他们平静的举止、平缓压低的声音是一种补充。他们的行走路线几乎是笔直的,既不两腿张开,也不踮起脚跟用脚趾走路,脚步迈进时带着温和的前倾压力,更像澳大利亚人小心翼翼的步法。他们交谈,等待朋友时,从不敲击手指,也不反复摆弄双脚,或者摸脸上的须发。这些事情看上去微不足道,但对于一个正在发育成型的民族来说,一切都有价值。一个人曾告诉我——但我从没亲身试验过——每个种族点火和处理火的方式都不一样。

人和人不同,这一点都不奇怪!这是一群没有压迫的驱动着世界巨大的耕犁为世界赢来大量面包的人民,这是一幅来自挪威人的神话传奇中的壮景。它的北方展开着广阔的尼夫希姆①的冰与霜之国,连接大地和天空的彩虹桥闪射爆裂着极光,这里是欧丁神和亚萨神族到访之地。这个民族一年一年地向北方推进,铁路随之而去。有时他们产出优质的小麦,有时他们发现矿藏,整个北方充满了声音——就像南非曾经的那样——讲述新的发现和未来的预言。

冬天来临后,这个国家城市之外的大部分地区就只能

---

① 尼夫希姆(Niflheim),北欧神话中的"雾之国",一个原始的冰寒之地。

给家人的书信

坐着吃喝,像亚萨神族那样。夏天,把一年的工作在六个月做完。因为在特定的阶段,河流一条接着一条地冻结,甚至位于魁北克的东大门也关闭了,人们必须经过哈利法克斯和圣约翰的旁门进出。冬天是对勇气极端的考验,而不是奢侈的夸耀的时候。

年将收尾,枫树第一个知道。所有手头的工作都依据它颜色的变化而调整。有些工作可以在冬季之前结束,有些必须放在一边,来年春天又不失时机地行动。因此,从魁北克到卡尔加里,一种雄心和要完成工作的调子——不是忙碌嘈杂——像打谷机一样在寂静的秋天空气中轰鸣。

猎人和冒险家从北方下来了,探矿者也来了,口袋里装满了样品。他们一直都穿着狼皮和浣熊皮大衣。在一年到头工作的城市,商店展览着一两个诱人的镍板雪橇,暗示冬天的临近。雪橇在这里是人们热爱的战车。在乡村农场,大堆的劈柴堆积在厨房门口,防蚊蝇窗纱被取下来了。(作为习俗,人们把它们留在窗上,直到需要从地下室里把双层窗户取出,人们满房子找遗失的螺丝的时候。)有时,人们看到一些后院里堆放着几段发亮的新的火炉烟囱,不免对屋主产生怜悯之心。漫画中老式的、令人痛苦的火炉烟囱没有任何幽默感。

但是,铁路——神奇的铁路才是冬天故事的重头戏。三十吨的运煤车行驶在三千英里的铁轨上。它们在编组

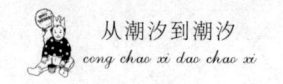

场哼哼着,蹒跚着,相互推挤。或庄严地轰隆轰隆驶过夜半,去往草原上那些简朴的城镇。这条道路并非畅通无阻。因为装在漂亮木桶里的咸猪肉、猪油、苹果、黄油和奶酪滚滚东去,要赶在装载小麦之前上船。这是伟大的年度戏剧的第五幕,舞台必须清理干净。在许多侧轨上,停放着大量的纵梁、轧制的横梁、树干、成箱的铆钉,它们本来是为魁北克大桥准备的建筑材料,现在成了障碍物,运载食物的机车需从它们中间择道而行。紧跟食物车之后,是木材车——刚从山里伐下的新鲜木材——圆木、厚木板、护墙板、板条——为此,英国人要付出高昂的价钱。所有这些,都在寻求海上的出路。

除此之外,铁路还专注于自己的开发——双轨、环线、捷径、搭线、支线,通向未开垦的处女地,那里很快就会人烟稠密。因此,建筑物,铺路碎石,运载建筑材料的车辆,减缓坡度的机器,骆驼一样蔑视一切的起重机——这整个的文明工厂——都要在大自然喊出"歇工了!"之前,找到活动空间。

还记得战后人们乐观强烈的信心吗?那时,南非终于得到开发了——人们铺设铁路,给机器发布命令,新机车在滚动,劳工涌入,人们相信一个辉煌的未来在等待他们。不可否认,希望在后来被谋杀了。把开发南非的好时光放大一千倍,就是现在的加拿大给你的感受——一个皇家政府也无法压抑窒息的地方。我幸运地被告知一些

给家人的书信

内情——听到工程计划的细节,以及已完成项目的记录。尤其是,我亲眼目睹了自从十五年前那次旅行以来这个国家所做出的成就。置身于新开发之地的一个优势是它让你感到你落在了时间后面。我看到城市从只有鸟儿鸣唱、野草起伏的荒芜之地崛起,小村庄膨胀为大城镇,大城镇又扩大了三四倍。铁路公司摩拳擦掌,高喊:"我们要从荒野中创造城市,还是要让一个寂寞的城镇兴旺发达起来?"而那些终生未从事过体力劳动的绅士们,在大洋中航行的时候,举着烟斗,说:"多么极度的物质主义!"

有时候,我怀疑任何今日著名的小说家、哲学家、戏剧家或神学家,具有哪怕一半的一个被称作"物质开发"的新国家无条件接受的想象力,更不用说洞察力、耐力和自制力了。拿在两条铁路线交汇处创造一个新城市为例,其中的戏剧性和人类的德行,足以填满一本书。当工作结束,城市建立,新铁路与新农业区接通,麦浪涌向新的纬度,参与了这项工作的人们就分散开来,不求任何赞美祝贺,去往其它地方重复同样的工作。

我和一个年轻人有过一些交谈,他的工作是避免雪崩破坏他管辖的这段铁路。他随身带着有用的锤子,住在绿色冰川封顶的塞尔扣克山中。一年中的某些季节,如果你不小心弄出些噪音,打扰了这些巨人的宁静,它们就会轰然倒塌,把你和你所有美好的生活都压扁在屁股底下。这个年轻人注视着它时而在五月的阳光下闪射刺眼

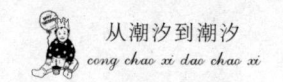

的光,时而阴暗,春天的雨让它格外地危险。他把巨大的木隔板和圆木翼墙铆钉在一起,以使雪崩改道。他对雪山巨人并不怀有怨恨。它们有它们的工作,他有他的工作,各司其职。唯一让他有点烦恼的是风有时拔起对面山坡的松树,导致滑坡,整个山谷就爆炸了。然而,他认为他能对付得了,把大的雪崩分解为多个小雪崩。

另一个人,虽然我没与之交谈,却镌刻在我的记忆之中。他年复一年地在高山中一个坡地上检查火车,火车经过这里时,刹车压到极点,小心谨慎地滑行十英里。轮子出了问题会很麻烦,所以,他这个最出色的技工,就得到了最繁重的工作——单调而责任重大的工作。他想和我交谈,但他得先检查火车——拿着锤头,四肢着地,趴在车厢底下。等他对车辆的底盘感到满意时,也是我们该离开的时候了。我所得到的只是友好的一挥手——你可以把它称作一个技能高超的人的标志。

加拿大好像到处都是这样的物质主义者。

这让我想起,有一天,我看到一个大约二十五六岁的高挑女士,站在街角等待电车。她淡黄色的金发呈波浪形,从前额的低处分开,头上一顶俄罗斯羔皮帽,侧面饰一枚珐琅质枫叶帽针。这是她身上的唯一颜色,除了鞋子上闪烁的带扣。暗黑的缝制的衣服没有一个小配饰或附件,但是极合腰身。她一动不动地站了大约一分钟,两手——一只裸着,一只戴着手套——自然地垂在身体两侧,手指安静,美好的身段均匀地落在两腿之上。一根黑色的石柱衬托出她鲜明的侧影。给我印象最深的是她庄重而宁静的眼神,和缓慢的不慌不忙的呼吸,虽然身处闹市之中。显然,她是常客,因为车一停下,她就给了乘务员一个微笑。我最后一眼看到的是,阳光在红色枫叶帽饰上辉映了一下,丰满的脸被微笑照亮,淡黄的金发与暗色的皮毛帽子相互衬托。但她嘴巴显示的力量,眉间透出的智慧,眼神里富有人性的同情,以及她突出的生命力,却长久地留在我的脑海中。如果要给我的国家画一幅像,我希望它是这个样子。如果我是加拿大人,我就把这样的画像挂在渥太华的议会里,以遏制那些说话支支吾吾的人。

城市与空间

如果有人借给你一张魔毯,你将做什么?我问这个问题,是因为整整一个月的时间,我们拥有一节完全属于我们的车厢——不到七十英尺长,三十吨重。"你会发现,它用处大了,"捐赠人说,"漫游这个国家。挂上任何你想挂的车头,停靠在任何你想停靠的地方。"

于是,它载着我们从大西洋到太平洋,又从太平洋回到大西洋,等我们不需要它的时候,它就像魔术把戏中的芒果树一样消失了。

一个私人车厢——虽然有许多书在这里写成——却算不上最好的研究一个国家的工具。最好的方式是长期住在一所房子里,观察正常情况下它周围时序的变迁。然后,你就知道从房子里看到一列火车是什么样子,这与在火车上看一所房子的情况一点也不一样。行李搬运工和他挂钩上的刷子,两排熟悉的绿色座位中间的教堂一样的走廊,铃声,深沉的管风琴一样的机车奏鸣,都唤醒记忆。车外的每一个景色、气味和声音都像老朋友在一起回忆旧时光。一辆顶部像钢琴的双轮轻马车,趟过泥泞的用木板铺设人行道的街道,轮胎把街面切割成零乱的车辙;一座新建房子的回廊角落的叠瓦;一道断裂的篱笆围绕着满是毛蕊花和头盖骨一样的石头的古老牧场;一小束弗吉尼亚攀援植物在一块玉米地边缘壮烈地死去;狭窄通道上的几块防雪栅栏,甚至一个无耻的树立于黑色烟草仓库顶上的黄色医药广告,都能让心跳过速,眼睛涌出泪水,如果这曾是观者生活的一部分。对于一个土生土长的人来说,这意味着什么?火车上有一个在大草原长大的女孩,她在欧洲大陆待了一年,现在正在回家的路上。对她来说,松林密布的山岗,山岗后面高耸着的真正的大山,庄严弯曲的河流,以及亲切友好的农场,都毫无价值。

"你可以在意大利看到比这更好的风景,"她解释说,用手势表示她作为大平原人处于山区的压抑,"我想把这些山岭推开,进入广阔的田野,我是温尼伯人!"

她会理解同情那位汉诺威路的女教师,刚从南非的开普敦回来。我看见她驱车奔驰在英国三十英里的海岸美景当中,几乎是大喊,"谢谢上帝,终于看到家乡的景色了!"

其他人从车厢这边跑到那边,又从那边跑回这边,复活这么一段记忆,又再现那么一段生活,等待另一个熟悉

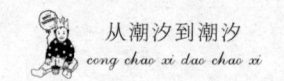

的风景出现,根本不在意别人的看法,沉浸在又回到家乡的喜悦之中。携带着满满当当的大木箱子,上面印着"移居者财物",刚刚到达的英国人,就像头一天入学的小男孩,无法分享人们的感受。但是,只要在加拿大住上两年,再回一趟英国,他就会成为这兴高采烈的归乡人群的一部分。他会抱怨这里生活的某些不如意之处,他也会惋惜失去了只有在英国才能享受到的某些丰盛,但毫无疑问,他会返回到这里巨大的天空和同样巨大的机遇。失败者是那些抱怨这片土地不能认出"他是个绅士"的人。他非常正确。这片土地不从外表判断一个人,而是看他的工作表现。他必须工作,因为这里有太多的事情需要完成。

不幸的是,让这个国家成功的铁路同样带进来一些人,他们挑剔工作的性质,怎么也不能从工作中获得乐趣,如果他们没有找到他们想要的东西,他们就写文章抱怨,好像言论自由就能让人人平等。

我们旅行的特别乐趣在于经过了整条以前的新干线,在这条铁路甫建之初,加拿大人不相信那些所谓的高官厚禄之辈,这些高官要员的小手指那时都在做着让车厢脱钩的工作,只不过是些小人物,不被人们重视。现在,事物、人、城市都不同了,这条铁路的历史和这个国家的历史混合于一体,车轮嘎达嘎达响着,喊出:"约翰奇诺!长崎,横滨,函馆,嗨!"因为我们跟在皇家有限公司的车

给家人的书信

厢后面，装满了来自香港和通商口岸的人们。在我们奔向西部的新开发区之前，我们看到许多知名的、奇妙的、成熟的老城，"你认为这座建筑和郊区怎么样？"人们盛气凌人地说，"下车看看吧，看看这一代人都成就了什么！"

这片大陆对人感官的冲击是势不可挡的，你得不断提醒自己，这就像是你在你的花园里所感到的喜悦，只是把这种爱和骄傲扩展到大得多的领域。城市的庄严给人的印象特别深刻——简朴庄重的北方城市轮廓，丛集的建筑，远近明暗相间，超然屹立于车水马龙的街道上方。蒙特利尔，这个穿黑色僧袍的牧师和法语公告牌的城市，拥有这样的庄严；渥太华，其灰色石头的宫殿，像圣彼得堡一样闪闪发光的临街的河流，拥有这样的庄严；多伦多，虽极度商业化，却同样地安静，显示同样的庄严力量；人们建造的建筑式样总是比意识到的好一些，可能这些坚固的建筑正在等待刚刚开始的扩张热潮耗尽它的能量，街道上现在颇受欢迎的电线杆最终将被拆除。虽然人们强烈反对在一个国家内存在一个拒绝同化的双语社会，但无论法国人在发展中多么畏缩不前，他们与世隔绝的教堂、学校、修道院，以及蕴涵于其中的精神特质，却永远驻留下来。年轻的加拿大说："城市里的教堂地产价值百万，却不必纳税。"另一方面，天主教学校和大学，尽管保持着中世纪时对于希腊语的不信任，依然钟爱地、温柔地、亲切地教导经典著作，就像古老的教会一直做的那

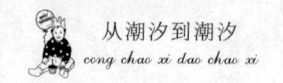

样。毕竟,用维吉尔曾用来写作的语言做祷告还是有价值的。一丝特定的傲慢,比目前的物质主义更华丽更古老,也永久地融入这片新的土地之中。

我有幸通过一个第一次到这里的英国人的眼睛看这里的城市。"你见过那些银行吗?"他喊道。"我从没见过像那样的东西!""银行有什么问题?"我问道,因为边界那边的那个国家现在的财政形势不太妙。"它们棒极了!"他说,"大理石柱子,大块的马赛克,钢铁的栅栏,容易误认为是教堂。没人告诉我那是银行。""只要能按时付款给客户,我就不操心什么银行。"我安慰地说,"渥太华和多伦多也有几家类似的银行。"后来他在一些宫殿式建筑中碰巧看到一些画作,他彻底愤怒了,因为没人告诉过他,在这个城市中还有五家价值连城的画廊。"看哪!"他说道。"我看见过克罗特、格勒兹、庚斯博罗,还有一幅荷尔拜因,以及成百幅真正的杰作!""有什么奇怪?"我回答,"他们已停止用朱红色刷房子了。""对的,但我的意思实际是,你见过他们学校和大学里的设备吗?——桌子、图书馆、厕所,远远比我们的先进,没有人对我说过。""告诉你有什么用?你不会相信的。在谢尔登尼铁路边上,还有一座更好的建筑,如果你到温尼伯,你将看到世界上最好的旅馆。"

"简直是胡说!"他说。"你在捉弄我!温尼伯是个草原城市!"

给家人的书信

我离开的时候,他仍然在哀叹,这次是没人告诉过他的一个俱乐部和健身房。而且,他依然保持着对那些他听说过但还没见过的奇迹的怀疑。

如果我们能给四百个议会会员带上脚镣,像有关选举的卡通画中的中国人一样,让他们在大英帝国的版图上转一圈,他们回来后,我们将会变成一个多么富有理解力的帝国!

当然,城市有权为自己骄傲,我等着她们自我吹嘘。然而,她们却忙于解释她们只不过处于初级阶段,因此,为了家族的荣誉,我来担当为她们夸耀的工作。在这一值得赞美的名单当中,我要给墨尔本应得的地位,她有几公顷的市政建筑和大批的画廊;悉尼也需一提,她扩建了港口,要与多伦多的码头比肩;还推荐各位去看一看开普敦的天主堂,如果它能完工的话。只要去实地看一眼,就知道真实情况。我们的大姊姊加拿大的三个城市所包含的美和力量超过我们其它城市加在一起的总和。然而,派一个委员会到帝国的十个大城市走走,看看它们怎么清扫街道,怎么供应自来水,怎么规范交通,只有好处,没有坏处。

不管哪里,人们都感染了一种病——对"繁忙"的没有价值的迷信,其含义是,指定的工作刚完成一半,就开始鼓掌夸耀自己的草率马虎,而用于鼓掌称庆的时间,足以干干净净完成两项工作了。一个英国郊区警察随手可以

从潮汐到潮汐

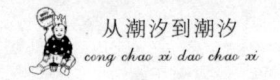

解决的交通堵塞,被恶化成十分钟的大僵局,马车和人推来挤去,除了浪费时间,并无任何意义。

人群的集聚和疏散,票的购买,个人生活这部小机器的大部分,都被这种不稳定的南方精神所阻挠和妨碍,这种精神等同于恐慌。"繁忙"在民族性格中是不自然的,就像一个成熟的男人用假声说话,烦躁不安一样。"抱负",是一种完全不同的值得赞赏的必要品质,人们可以在通往西部开发的道路上看到它,这里,一个新的国家正在兴起。

我们离开了三座城市和紧密相连的耕地与水果种植区,来到湖区——奔腾的溪流,清澈的池塘,浆果丛中的大石头,都似乎在呼喊,"这是鳟鱼和熊的家园。"

不久前,只有几个聪明人来这里度假,他们并没透露他们的发现。现在,这里已变成一个夏季游乐场,人们随意地打猎和野营。有些河流已在英国知名,所以,有些人就溜出伦敦,钻进桦树丛中,再出来时,胡须满面,身上带着烟熏火燎的痕迹,有时他们来这里寻找猎物,有时寻找矿物——也许,还有石油。没人能预料什么会发生。"我们的一切都刚刚开始。"

当我们的魔毯——私人车厢——奔驰而过的时候,一个铁路上的人说:"你不知道我们的游客量有多大。从九十年代以来就不断增长。城里的有轨电车带人们到近处野餐。当他们有更多的钱时,就开始长途旅行。很快,整个大陆都需要娱乐场所。我们要预先把这些准备好。"

来自温尼伯的那个女孩,看着湖边草地上凝结的晨霜,观察着桦树叶子坠落时那如烟如雾的柔和的金黄色,说:"这才是树应该的样子,你不认为东部的枫树有点太暴烈了吗?"接着,我们经过一片旷野,这时车上的话题连续几个小时集中在矿藏和如何加工矿石上面。人们讲着找矿者的奇谈异事,那种在克朗代克地区和诺姆省成为公共领地前我们模模糊糊听到的故事。他们不在乎人们是否相信。他们的事情也刚刚开始——也许是银,也许是金,也许是镍。如果一个大城市不从这个我出生以来还没听说过的地方崛起,可以肯定的是,它必将在附近几英里的范围内诞生。这些沉默的人上车,又下车,消失于丛林和山野之中,就像散兵在战场上快速成扇形散开,准备战斗。

一个坐在我对面的老人,神色如同末日审判来临的样子,谈起那些邪恶的假预言:"他们说这里除了雪和石头,啥都没有。他们说除了铁路,这里不会再发生什么。他们有眼看不见。"他给了我锐利灼人的一瞥。"突然,财富创造出来了——大堆的财富——就在我们鼻子底下。"

"你淘到你那份金了吗?"我问。

他像个艺术家一样微笑了——所有真正的找矿人都有那样高傲的微笑——"我?没有。我一生大多时间都在找矿,我没损失任何东西。我从中得到许多乐趣。向上

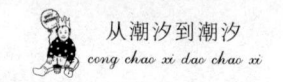

帝发誓,我从中获得了乐趣!"

我告诉他,在几乎不需付一分钱,人们就能拿到政府出让的土地和林带时,我到这里旅行过。

"是的,"他平静地说,"我估计如果你受过一定的教育,那时很容易挣个二十五万美金。现在你也可以挣到,只要你知道它在哪里。怎么做到?你能告诉我哈德逊湾地区的城市将来会变成什么样子吗?你不能,我也不能。我们也不知道另外六个新城市将在哪里出现。我要下车了,如果健康允许,明年夏天我还要出来——到北方找矿。"

想象这样一个国家:在这里,人们七十岁还在找矿,对热病、蚊蝇、马疫,以及土著造成的麻烦毫不畏惧,一个食物和水的味道总是很好的国家。他给我讲了些北方奇异传说中的金子的故事——那永恒的母矿,她能使骄傲的诺姆省变得谦卑一些。然而,这个帝国如此广大,他从没听说过约翰内斯堡。

当火车绕着苏必利尔湖行驶的时候,谈话的题目转向了小麦。是的,人们说,这个国家确实有矿藏,矿藏的开发也仅仅开始。但这一部分地区却属于小麦——清洗,分级,买卖,用火车和蒸汽船运输小麦。铁轨成倍地加长,以适应小麦运输量的需求。不久以后,就会有四轨铁路。它们只是开始。同时,从货车上泄漏的小麦正在侧轨之间柔绿地发芽生长,大约一尺高。还有高高的茶叶盒一样的谷物升降机来清洗小麦，医院为小麦诊断病情；还有新的油漆华丽的机器去收割、打捆和脱粒。还有一车一车的工人铺设更多的支线，以方便今年的小麦运输。

　　湖边有两个镇子相距不到一英里远，这两个镇对于小麦而言，就像劳埃德之于船运，医学院之于医疗行业。它们的荣誉和完整掌握在它们自己手中。它们相互仇恨，那种纯粹的、恶毒的、激烈的能促使城镇成长的仇恨。如果上天消灭了其中的一个，另一个也会憔悴而死——像一个失去伴侣的仇恨鸟。某一天，它们将合并为一个镇，而给这个镇取什么名字的问题已开始折磨它们。那里的一个人告诉我，苏必利尔是一片有用的水域。加拿大铁路公司的铁路很方便地通向那里。重访五大湖区，我感到一种恐惧正在暗暗滋长。这大片的淡水没有能力像海上潮汐一样起起伏伏，承载巨大的蒸汽船壳；也不是像深海静流那样缓缓在岩石间漫步；也不是在伸展到雾茫茫海中的几里格长的巨大岬角间的荒草和沙滩上喧嚣；岸边的镇子一直在为苏必利尔湖付税，但是，它却吞没、破坏、冲撞湖岸，像一个完全合格的大海，一个大陆中间的恶魔。一些人在湖中驾驶帆船，寻找乐趣，而且，它已塑造出一批水手，他们和海洋水手是近亲，就像玩蛇人和驯狮者的近亲关系一样。

　　无疑，这是一片有用的水域。

报纸和民主

原始石器时代,人们利用信使一个洞穴一个洞穴地喊叫,把新闻传布开来,后来,游吟诗人用歌唱讲述如诗如画的部落历史,因此,我们得承认,新闻诞生在文学之前,满足了人们继取暖、食物和性需要之后对信息的需求。

在新生的国家,能清晰地看到新闻起源于原始部落信使这一线索。原始部落占据很大空间,人员分布稀疏,容易感到孤独。人们渴望经常听到大声喊出部落成员的名字。他们知道就在离地平线不远的地方住着自己的同类和伙伴并以此获得安慰。因此,部落雇用信使来报出经过附近的人的名字,描述他的状况。这就是为什么新国家的报纸经常读上去令人难以容忍地个人化。此外,人们想要快速而明确地知道与日常生活有关的土地、空气和水的知识,而他们的祖先已将这些知识遗传给了他们,所以,这里的报纸又看上去如此费力不讨好地琐碎。

例如,一个红鼻子的叫皮特·奥哈洛伦的家伙,走了

给家人的书信

三十英里路去给马钉蹄铁,不幸,在一段坏路面上折断了平板马车的大螺栓。当地的信使报———一份薄薄的周报,暗示这一事故与红鼻子有关。对外人来说,这是笨拙的诽谤中伤。这份周报知道本地的二百七十个家庭可能每周都要使用这条路,它唤起这些家庭去关注,这次事件是起因于皮特喝醉了,还是如皮特所辩解的,是起因于这条路疏于维护。刚好有十五个人了解皮特的鼻子是一种疾病,而不是喝醉的迹象。其中一个就来到周报,解释了这一事实。于是,下一周的周报就高叫路应该修补了。此时,因为引起了本地人几分钟的注意而兴奋到骨髓的皮特,退回到三十英里远的农庄,身后追随着平板马车的广告,该广告保证大螺栓不会破裂。过后,有关当局修理了道路。

这只是一个大体的图示,只要稍加注意,就会发现自我保护的部落本能相当合乎逻辑地潜流于各种古怪的现代发展进程之中。

随着部落的扩大增长,人不再注视着连续不断的地平线,他要知道另一个人在干什么的欲望减轻了一点——但不是太多。城市之外存在着巨大的空间——未被占领但将被占领的广告区域。来来往往的人渴望了解周围并通报自己的情况,就像过去住在小木屋中的人们一样。一个人从暗处进入明处,如果他是个真正的男子汉,自然他就会举起手说:"我,某某某,来了。"你可以从任何旅馆看

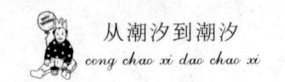

到这一仪式在热烈进行,记者(后部落时代的信使)的眼睛正盯着旅馆登记册,浏览着新入住者的名单,这时,又一个人到了,他根本没有要成名的欲望,却自报家门,说出他的职业和来这里的意图。注意,记者总是在晚上才关注陌生人。白天,他追随城市的活动和附近大人物的行动;但当需要关闭栅栏,把马车围成临时防御阵地,把荆棘拉到栅栏的豁口时,他们又退化到原始部落信使的地步,部落信使在原始时代是外围的警卫。

在某些国家,吱吱喳喳的记者们会不堪入目地把一个人的生活翻个底儿朝天,他们把邪恶的火炬举到他的脸上,直到他被烤焦,立刻冒起烟来。在加拿大,必要的"站起来做个人陈述"的原则被体面地尊奉,这是英帝国版图的统一标记。陌生人的话语被相当准确地传达给受众;没有歪曲和诽谤,如果记者认为有些言辞最好不翻译,他们会礼貌地向读者解释。

和记者相见总是令人愉快的,因为他们对自己的国家有着强烈无私的兴趣,这种热情只有在年轻的住院外科医生和民主国家的公民身上才能看到。多亏了布尔战争,很多记者到过世界各个角落,他们会谈到其它姊妹国的所作所为,而且值得一听。结果自然地,访谈——对于采访者和被采访者同样枯燥——经常转入愉快的不宜发表的话题。你从快速的语句交流中感到你是在和训练有素的专业人士打交道——他们心智平衡,认为不能无视礼貌,不能亵渎信心,不能嘲弄荣誉。(这解释了我听说的——在加拿大几乎没有野蛮的国内新闻恐怖主义行为,更不用说狡诈勒索了。)他们既不吐口水,也不蠕动而行;他们在熟人中间不传播那些刺激的谋杀和偷盗的趣闻;他们以及他们的同胞也从没有主动夸耀他们的国家是"奉公守法"的典范。

你知道在外旅行的大路上的第一个路标写着什么,是吧?"当一个女人宣称她的贞洁,一个男人宣称他的绅士风度,一个社会宣称它的忠诚,一个国家宣称它的遵纪守法——离开这里,转身走另外一条路!"

然而,尽管这些人的谈话美好而新颖,他们的文字却陈腐老套,如果不是从过时的,也至少是从常规的模子里浇铸出来的。四分之一世纪以前,一个替补编辑打开邮件的时候,他一打眼就能认出哪个是《墨尔本巨人报》,哪个是《悉尼晨报》,哪个是《开普敦时报》。甚至没有标题的剪报也能透露其来源,就像一块兽皮暴露了它属于什么野兽一样。但加拿大的报刊既不留下足迹也不留下气味,它可能来自三十纬度区域的任何地方,你得用心和手仔细地辨别。今天,加拿大报纸的空格、标题、广告、那棋盘一样黑白相间的跨页、那薄脆的树浆纸、机器定型的铅字,都标准化了,就像大陆公司的铁路车厢一样。确实,翻阅一大堆加拿大报刊,就像在火车通道上寻找自己的卧铺一样。报社是世界上最保守的组织之一。但经历二

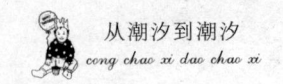

十年后,一些变化必然悄悄潜入;一些创造性的表达方式和句式组合将发展出来。

我在一伙新闻同行中小心翼翼地提出了这个想法。"你的意思是,"一个眼睛直视的年轻人说,"我们在复制过期报刊?"

这正是我的意思,因此我赶快否认。"我们知道这个问题,"他欢快地说,"别忘了我们被海洋包围,而且,这里到英国的邮费刚刚降低。一切都会好起来的。"

肯定一切都会好起来的;但同时我不愿去想这些杰出的人用二流的文字表达他们一流的感情。

自然地,我们从新闻报道谈到民主。每一个国家都会有一些保留和虚饰,但一个国家越是民主,对陌生人来讲它就有越多的伪装。一些记者在这方面对我很坦诚,在应顾全面子的时候,对我表露实情。他们承认,在办公时间,他们毫不犹豫地相信"民主"这一神圣的词汇,民主意味着任何移动的人群,包括那些踏破地板、掉到地下室的可怜虫,从左舷涌向右舷、把游船弄翻的乌合之众,因为损失了六便士而把人踩成肉酱的暴徒,和卡在着火的剧院大门、被烧烤的惊慌失措之辈。出了办公室,他们松弛下来。很多人使眼色,还有一些变得随意轻率,他们都同意民主的唯一缺陷是人民——一个妒忌的,趣味野蛮的,倾向暴力的神灵。我曾见到过一个终生崇拜民主的政治家对所谓人民的真实描述。那实际上是用不能公开引用的英语书写的圣经耶利米书——巴鲁书第六章。

　　加拿大还不具备一个理想的民主政治。一方面,她周边的环境艰苦,不可避免地要带来一些后果,她必须努力工作以战胜它。另一方面,加拿大法律不是作为一种令人惊奇的事物,一个玩笑,一种偏爱,一个贿赂,或土耳其摔跤展览而存在和执行的,而是民族性格的不可分割的一部分——不能像对待一条裤子那样谈论或忘掉。如果杀了人,你就会被绞死。如果偷盗,你就进监狱。以此达到了和平、自尊和加拿大人内在的尊严。此外,铁路和蒸汽船——麻烦往往从这里开始——可能带进来一些人,这些人永远离不了冷热水供应、摊开的桌布和陶器,直到有一天,他们被赶到荒无人烟之地。他们完全缺乏早期移民连续几星期在海上旅行、缓慢穿越大平原、日晒雨淋的经历。他们到达这里时,体质柔弱,精神不健康。在塞尔扣克山中的一列火车上,有个人把这一点向我鲜明生动地呈现出来。他站在车后平台的安全栏杆内,看着巨大的松林覆盖的山肩,在这里,人们曾冒着生命危险铺设每一码铁路,他轻松愉快地说,"为什么不把这些国有化?"除了雪和陡峭的山岭,没有什么能阻止他走下车,靠自己的努力去找一个属于自己的矿藏。相反,他走回了餐车。这是一种类型的人。

　　有人给我讲了关于一群俄国移民的旧事。他们在一场城市大火时,返回到祖先的样子,阻塞街道,高叫:"打

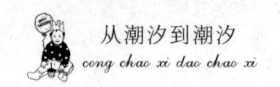

倒沙皇!"这又是一种类型的人。几天后,有人给我看了一封电报,里面提到一伙杜科波尔派教民——又是俄国人!——不只一次地脱光衣服,沿铁轨奔逃,要在降雪前迎接他们的救世主到来。警察拿着暖和的内衣在后面追赶,火车请小心,别碾碎他们的小命!

现在,你已看到三种蒸汽船运来的不合格者——柔弱的,野蛮的,和疯狂的。还有第四种类型,他们或者是土生土长,或者是进口而来的彻头彻尾的坏蛋——成熟的健康的男女,从干坏事中获得真正的乐趣,而民主没有把他们辨别出来。这四种人相互作用,可以想象会产生一个多么不正常的民主。外来的歇斯底里,狂热,诸如此类,强化了本土的无知、懒惰和傲慢自大。例如,我在报纸上读到一封同情这些杜科波尔教民的信。信的作者说,他知道在英国住着一伙极好的人,他们赤脚,不穿鞋子,只吃坚果,不纳税,也不结婚。他们追求精神满足,过着纯洁的生活。杜科波尔教民也是这样地纯洁和精神化,因此,他们有权在一个自由国家保留自己的生活方式,不应被压制,等等,等等。(看哪,进口的柔弱,在为进口的疯狂辩护!)与此同时,对此厌恶透顶的警察追赶着杜科波尔人,迫使他们穿上裤子,希望他们能生出心智健全的后代,从而有资格和写这封信的人的儿子及那些死于大火中的人的女儿们交往。

"所有这些,"男人和女人回答,"我们承认存在。但

给家人的书信

是,我们能做什么?我们需要人。"他们向我们展示宽敞的学校和良好的设备,这些学校向斯拉夫移民的孩子教授英语和加拿大歌曲。"他们长大后,"人们说,"与加拿大人没有区别。"这真是好极了。老师举起笔和卷轴,说出他们的英语名字,孩子们却用中国人的发音方式重复。很快地,他们掌握足够的词汇后,就能传达他们从自己国家所学到的知识。比如,一个十二岁的男孩一年后,就能流利地用英语描述从俄国到加拿大的旅行经历,顺便写到他妈妈为食物付了多少钱,他父亲的第一份工作是什么;他还会把手放到心口上,说:"我——是——个——加拿大人。"这就足以让加拿大人满意了,加拿大人总是自然地赞美那些移民的一点成就,而实际上,是这片新土地收养了他们并帮他们落地生根,他们的一切都归功于这片土地。如果一个英国村庄的慷慨女士出于同样的利益帮助一个别人的孩子在世界上立足,她最终得到的回报会是感激和良好的行为举止吗?

私下里,人们对那些与祖国断绝关系的人并无太多好感。他们可能有充足的理由,但他们破坏了游戏规则,应受到惩罚而不是得到奖赏。认为几顿饱饭和暖和的衣物就能抹掉异族文化的本能,防止他们的返祖现象,也是虚幻的假设。不能把人类经历的一千年当作一天对待;只要看一眼边界那边美国的种族状况,就会意识到南方和东南方如何从观念、行为举止、表达方式、道德这些方面,

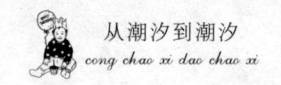

致命地影响了北方和西北方。这就是为什么你看到一个肿眼泡的,肤色浑浊,腰带围裙,头扎手绢,手里挽着包裹的东方女人,就感到痛苦不堪。

"为什么你们必须要引进这样的人?"我问。"你们知道,他们和你们不在一个水平上,他们也知道这一点;这对你们双方都不好。英国移民到底有什么不对?"

回答是直率了当的:"因为英国人不工作。因为我们烦透了送过来的懒汉。因为英国人散发着社会主义的臭气。因为英国人不适应我们的生活。他们永远都在告诉我们英国人是如何做事的。他们摆臭架子。你知不知道一个关于英国人的故事,讲他迷了路,人们发现他时,他在河边快要渴死了。问他为什么不喝河里的水,他回答:'没有杯子我怎么喝水?'"

"然而,"我争论道,"这些恰恰是要把英国人带进来的极好的理由。确实,他在自己的国家学会逃避工作,因为善良而愚蠢的人们不遗余力地去帮助他,取悦他,诱使他堕落。而这里,一月的寒冷将迫使他坚强。被英国遣送过来的盲流对任何社会都是头痛的事,但你们六千万的人口不至于被几千个这样的人搅浑。至于英国人的社会主义倾向,就其本性而言,再也没有比他更不喜欢群居的动物了。你们所说的社会主义相当于英国人智力上的空竹和五行打油诗游戏。说到他喜欢批评,你当然不愿意娶一个任何事都顺从你的女人,你应该从你的同类中选择移民。你承认加拿大人太忙了，没有时间批评挑剔。英国人生来就是吹毛求疵的人。他怀疑原则，这正是文明构成的条件。英国人对玻璃杯的本能也是文明产生的动因。任何一个新国家都需要——极其需要——百分之零点五的人口宁愿渴死也不愿用手捧水喝。你总是谈到第二代的少数民族会如何被同化，想想第二代的英国人会是什么样子吧！"

这个道理显而易见，但他们似乎并不欣赏。当谈及这一话题时，他们的谈话会出现奇怪的羞怯，遮遮掩掩。过了一会儿，我直截了当问一个记者这到底意味着什么。

"这是劳动力的问题，"他回答，"你最好别再提它了。"

劳 动 力

当一件事总是出现在你的鼻子底下时,你不能置若罔闻。我刚在魁北克下船三分钟,就有人直截了当地问我:"你怎么看《排亚裔法案》?这件事搞得社会骚动不安!"

出门在外的第二个路牌的忠告是:"如果一个社会被某个问题搅得不安宁,那么,就礼貌地探寻一下那些煽动者的精神健康状况。"我按此行事了,却没有成功。只好拖延到有人能给我一个满意的答案为止。所涉及的问题原来只限于英属哥伦比亚地区。那些因种种理由不愿谈论此事的人把我推荐给能解释此事的人。在达成不公开发表某些名字的协议的情况下(看到工程师害怕被自己发明的爆炸装置炸飞,真是太有趣了),我终于多多少少地获悉了有关这一事实的真相。

中国人总是喜欢来英属哥伦比亚,在这里,就像在世界各地,他们是做仆人的最好材料。我可以举双手发誓,没有人反对听话的中国人。他做任何白人都不愿做的工作。受了某个刻薄的白人的欺负也不报复。他们总是为在这个美好海岸获得的财富付出劳动和汗水。然而，完全是由于对未来的政治考虑，以及公众的意愿，几年前，开始向他们征收双倍的入关税。奇怪的是，中国人也把他们的服务费增加了一倍。据说，这成了白种女人工作过度、劳累致死及发疯的理由；这也是为什么新城市建筑大片的公寓已最大限度地减少雇不起仆人的家庭的家务劳动。后来生育率的降低与公寓的增加恰成反比。

日俄战争以来，日本人开始涌入英属哥伦比亚。他们也做白人不做的工作；比如从锯木厂的冷水中往外拖拉圆木，一天挣八到十个先令。他们在旅馆和餐厅服务，经营小店铺。他们的问题是太好了一点，被攻击时用粗暴的态度保护自己。

一些印度旁遮普人——以前的士兵、锡克教徒、贾特人——也从水路进来。国内的瘟疫似乎让他们变得焦躁不安。当然，这些人不提供家政服务，而是在锯木厂工作，只要稍经指教，会成为最有价值的劳力。他们不应把老人也带来，给国内的家人寄钱也要安排合理。人们不理解他们，但也不仇恨他们。

反感全是针对日本人的。虽然人们认为他们控制了温哥华的渔业，就像马来人控制了开普敦的渔业一样，但他们还不足以和白人竞争。但有些人诚实地向我保证，他们有造成降低生活标准和工资的危险。因此，某些地

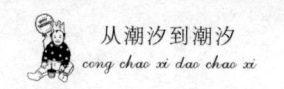

区的人要求他们彻底地、无条件地离开。（你可能注意到，民主在紧急状态下是很强权的。）在我来到温哥华之前不久，人们曾试图强迫他们搬走，但不成功，因为日本人在居住区设置路障，群体出动，两手高举碎玻璃瓶子，向示威者脸上刺戳。吓唬和打击印度人和泰米尔人相对容易，但把经历过日俄战争的日本人轰走却绝非易事。

但当问到事情的来龙去脉时，我得到的却是一些暗示、保留、演说和节制的表达，就像人们在向你背诵一篇死记硬背的文章一样，让我如同走入迷宫。这里举些例子——

角落里的一个人用粗重的笔墨给我写了一句话："我们的人民中间普遍存在着一种情绪，就是日本人必须离开。"

"很好，"我说，"你建议用什么方式？"

"这跟我们毫无关系。这只是一种公众情绪。"等等。

"是这么回事。情绪是挺美妙的，可是你们准备怎么办？"他没有屈尊道个详细，只是不断重复情绪这个词，就像我以上记录的。

另一个人更直白一些。"我们想要中国人留下，"他说，"日本人必须走。"

"那么，谁来替代他们？这还是个新国家，是不是把人扔出去太早了些？"

"我们必须慢慢开发我们的资源，先生——要考虑子孙后代的利益。我们必须为那些能被我们同化吸收的种族保留这片大陆。我们不能被异于我们文化的种族淹没。"

"那就快快地引进你们自己的种类。"我试探着说。

这是一句在西方特定地区不该说的话;他解释说英属哥伦比亚无论如何也不像表面上那么富裕(和多年前荷兰人在开普敦做的一模一样);它几乎被各式各样资本家和垄断者所窒息;白人劳动力在冬天要停工、吃饭、取暖,生活费太高了;英属哥伦比亚地区处于繁荣富裕的末期,正进入贫乏期;输入白人时,必须采取极其谨慎的措施。此外,进入英属哥伦比亚的铁路费用太高,妨碍了更多的人进来。

"不是降低过票价吗?"我问。

"是的——是的,我想是降过。但对移民的需求量如此之大,他们到达这里之前就被抢走了。你必须记住,技术工人与农业劳动力是不同的。需要更多地考虑他们。日本人必须走。"

"其他人也这样告诉过我。但我也听说过这样的故事,英属哥伦比亚的一些奶牛场和果园被抛弃,因为没有足够的工人去挤奶或采摘水果。这是真的吗?"

"我们国家提供了如此众多的机会,你不能指望一个白人去挤牛奶。中国人可以做那个。我们需要能被我们同化吸收的种族。"等等,等等。

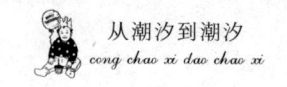

"不久前,慈善组织救世军不是曾建议由他们带进三四千个英国人吗?结果如何?"

"嗯,落空了。"

"为什么?"

"政治原因,我想。我们不想要让我们生活水准降低的人。这就是为什么日本人必须走。"

"为什么留下中国人?"

"有中国人,我们的生活就能顺利进行。没有中国人,我们就无法应对生活。我们需要能顺应和融入我们社会的种族类型。我希望我把我的意思说明白了。"

我也希望他说明白了。

现在,让我们听听一个妻子、母亲和主持家务的人是如何说的。

"我们得为现在的生活状况付出健康和孩子的健康的代价。你知道人们怎么说的吗——边疆对妇女和牲口同样是艰难困苦的!这里不是边疆,但某些方面比边疆还糟,因为我们表面上豪华奢侈——漂亮的玻璃器皿和银制器皿。我们得天天为它们拂去灰尘,擦亮,摆放它们,还有其它的家务。我不认为你能理解这些,但你亲身干一个月试试!没人帮助我们。雇一个中国人要花去五十到六十块钱一个月。丈夫们不总是能付得起。你认为我多大?我不是三十岁。谢谢上帝,我阻止了妹妹到西部来。哦,是的,这是个美好的国家——对男人来说。"

"不能从英国进口仆人吗?"

"我付不起一个女孩儿的旅费,以便她在三个月内结婚。此外,她不愿工作。一看到中国人在做同样的工作,她就不做了。"

"你也反对日本人吗?"

"当然不。没有人反对。那只不过是政治。那些一天挣六七块钱的男人——他们被称为技术劳工——他们的妻子们雇得起中国和日本仆人。我们雇不起。我们要省些钱以备未来之需,但其他人挣多少花多少。他们知道他们不用担心。他们是劳工。如果发生什么事,他们会得到照应。你将知道国家如何照顾他们。"

在一个清新的早晨,六七点之间,我有机会穿越一个伟大而美丽的城市。牛奶、鱼和蔬菜等等,被中国人和日本人运送到每一个寂静的房屋。在这个冷飕飕的清晨,看不到一个白人在做这类工作。

晚一些时候,一个人来拜访我,不希望我发表他的名字。他是个小生意人,告诉我,如果公开了他的名字,他的生意将受损失。(其他人也说过同样的话。)他谈了大约半个小时。

"就我的理解,"我说,"所谓的工会完全主宰了这一地区。"

他点点头。

"弄一个有技能的人进来相当困难?"

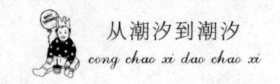

"困难？我的上帝，如果我需要增加一个帮手——我当然付工会规定的工资——我得安排他秘密地进来。然后，我去约定的地点接他，装作我们是在路上偶然相遇。如果被工会发现，工会就命令他返回东部，或把他赶出国界。"

"即使他也是工会会员？为什么？"

"工会将告诉他这里的劳动力市场不好。他知道那意味着什么。他会毫不犹豫地转身离开。我是个小生意人，我可担当不起和工会争斗的风险。"

"如果你和工会有了麻烦，你会怎么做？"

"你知道边界那边的美国发生过什么？他们用炸药把你炸上天。"

"但这不是美国。"

"该死的是我们太近了。证人也会被炸掉。劳工形势不是从我们这边恶化的，而是自下边（美国）恶化的。你可能已注意到人们谈到这个问题时的谨慎态度。"

"是的，我全都注意到了。"

"唉，这可不是个令人愉快的局面。我不是说这里的工会对你不择手段。请理解，我完全支持劳工权利。劳工再也没有比我更好的朋友了。我以前也是靠劳动技能吃饭的，虽然现在我有了自己的生意。你千万不要留下一个我反对工会的印象，好吗？"

"一点不会。我能看到这一点。你只不过发现工会有

给家人的书信

时候有点——嗯——不体谅别人?"

"看看边界那边都发生了什么!我猜他们已告诉你,温哥华那点日本人的小事起源于下面那个国家。我不认为我们自己人能干出那样的事。"

"我听到过几次类似的说法。真有趣,你是不是让其它国家当替罪羊?"

"你不住在这里。就像我说过的,如果今天我们赶走日本人,明天就会有人告诉我们赶走其他人。工会的欲望没有限度,先生,没有!"

"我想他们只不过想要一份公平的报酬?"

"在他们自己的国家需要这样,但在这里,他们是在发号施令。"

"这个国家的人们怎么想?"

"我们简直厌恶透顶了。经济状况好时这不算什么——雇主宁愿做任何事也不愿中断工作——但是当生意不景气时,你就听到有些事发生了。我们是一个富裕国家——尽管不像他们所声称的那样——但是,关键时候都被工会拉了后腿。生意衍生新的生意,只要允许,到处都是生意,我的很多朋友都想干一番,但是工会不允许。"

"那是个遗憾。关于日本人问题,你怎么想?"

"我什么都不想。我清楚。两个政党都在迎合工会,为了选票——你理解我的意思?"

我尝试着去理解。

"任何一方都没说真话——即假如亚洲人走了,这片大陆的一部分就垮了,除非我们能弄来免费的白人移民。任何建议大量移民白人的政党,下届选举都不会有好下场。我在告诉你政客的想法。至于我自己,我相信,如果一个人勇敢地站起来,抵抗工会——这并不意味着我反对工会——许多人就会跟随他,当然是悄悄地跟随。他可能在第一次选举失利,但长远来看——我们厌恶极了工会。我想要你知道真相。"

"谢谢。你不认为移民白人可能成功?"

"如果不符合公会利益,就不会成功。你可以试试,看看什么将发生。"

在另一个城市,我做了一个试验。这里有三个富裕的地位很高的重要人士,每个人都对开发国家有着强烈的兴趣,每个人都宣称这个国家需要白人移民。我们就这个话题谈了足足两个小时。这三个人意见一致的是,不管采取什么步骤,从英国移民到英属哥伦比亚,私人招募或其它方式,都必须隐秘地进行。否则,参与这一计划的人的生意就会遭到损失。

至此,我放弃了追问《排亚裔法案》这个让整个社会骚动不安的问题;我把它留给你,特别是澳大利亚和开普敦的人们,得出自己的结论。

从外部看,英属哥伦比亚是加拿大最富庶和最可爱的地方。除了其资源,它有相当的机会获得它极其渴望的

给家人的书信

跟亚洲贸易的机会。它的土地，大部分适宜于小型农业和种植水果，因为农场主可以直接开车到城里。我听到的都是这里大量需要各种劳动力。同时，我在任何其它地方都没遇到这么多人持续不断地贬低他们国家的价值和契机，或唠唠叨叨白人移民所承受的艰辛和困乏。我相信已有一两个绅士去英国口头地解释了这里的情况。他们可能因此招致麻烦，并且还有更大的麻烦在未来等待他们。

幸运的城镇

让我们从政治回到草原,即树木稀少,却充满希望、人类活动和回报的大草原。温尼伯是通向大草原之门——一个位于伟大草原上的伟大城市,跟它的同类城市比较,相当地与众不同。

当一个多年未见的少年时期的朋友突然来访,出现在面前,你会认不出她来,她对你完全是个陌生人。直到她的某些语调和手势,唤醒了你的记忆,与过去产生了联系,于是,你惊叫:"真是你啊!"但是,那个女孩已不存在了;一个带有她的痕迹的成熟妇女取代了她。我徒劳地想在脑海里重现那个多年前曾访问过的笨拙粗野的温尼伯,当时,她还是个未发育成型的羞怯女孩。我甚至大胆地对一个人提起她的过去。"我也记得,"他微笑着说,"我们那时还年轻。那条从三十条铁轨下面穿过的巨大的沥青林荫大道,只不过是最近十年,实际上是最近五年的事。我们还把更远处的仓库扩大了,给它们增加了两到三层，我们正在往前走。我们仅仅是开始而已。"

仓库和铁路支线之类的东西，只不过是白人棋盘游戏中的筹码，随着游戏的变化，可以一次结清，也可以重新发牌，用于新的赌局。让我欢欣鼓舞的是空气中跳动着一种精神——新城市的新精神。温尼伯拥有大量的物质财富，但她已学会把它们放置于脚下，而不是心上，因此，她比许多其它城市显得老道。尽管如此，还是有些东西需要展示出来——如果能理解购物对于女人意味着什么，就能理解对外人炫耀家乡合乎一个心智正常的人的本性。首先看看郊区，成片成片外形雅致清晰的木结构房屋，让住在里面的人温暖而快乐，邻里之间有足够的空间相隔，却不必建立明确的边界。你可以从建筑风格判断其年代，一年一年后推，一直可以追溯到十九世纪九十年代早期，那是文明从这里发端之时。你还可以大致差不离儿地猜出房子值多少钱，其主人的收入情况，你还可以问问现在都用什么新的家用电器。

"沥青路面和水泥人行道刚刚出现于几年前。"我们的主人说，我们正在长长的马路上快步行走。"我们发现，这是唯一的对付草原粘泥的办法。看哪！"在大路的尽头，伸展着难以驾驭的顽强的大草原，文明曾趟过它深及车轴的泥水，由东向西推进。每一个建筑旺季，人们都用沥青和水泥与大草原争斗。接着我们看到富人建筑的样板房，建筑时的部分动机是为了荣耀他们的城市，这是财

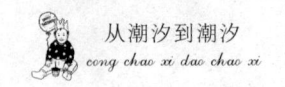

富在新开发土地上的首要义务。

　　我们在宽阔干净、阳光普照的林荫大道之间，一会儿蜿蜒而行，一会儿转弯。所有的大街都流荡着让人精神振奋的空气。我们谈论着市政税收，突然，大家静止下来，一些缺乏照料的房屋、商店和银行出现在面前，墙面和墙角被游手好闲者的肩膀摩擦得油亮。污垢和锡罐散落在街道上。与其说这里贫穷肮脏，不如说这里的人缺乏保持干净的欲望。有种人宁愿住在这种环境中。

　　接着，我们看到一所冷峻的、白色教堂般的、红砖结构的学校，大得（谢天谢地！）像修道院；还有医院、公共机构、绵延达一英里远的商店；然后是在一家俱乐部里的一顿熟悉的午餐，这里，还不太老的人谈论他们记忆里的盖里堡，城市创建的故事，早期的行政权力交替和意外事件，谈话中穿插着年轻人的预测和轻率。

　　仍然有些地方，人们可以四两拨千斤，五分钟内办成大事，而且视之为理所当然，同样的事情需要一个英国人一年的时间苦苦思索去弄清楚。但在一个伦敦俱乐部里午餐，你遇不到几个伦敦墙的承包商或帮助国王约翰签署大宪章的人。

　　这个城市有两道风景留在我的记忆中——一个是在一个灰暗的天气从一个巨大建筑顶部看到的。由此看去，城市充满噪音，仿佛要满溢出巨大的地平线之杯。沿着其边缘，一股股的蒸汽，以及机器不耐烦的吼叫都显示它像一团缓慢燃烧的火,正在吞噬周边的草原。

另一个画面是城市的侧影,在深红色的天空下,神秘得就像一排未经探索的陡崖,竖起一道由地面到高空的屏障,而在其脚下,淡绿的珠宝一样的城市静卧在不平坦的壁垒后面。当我们的火车在暮色将尽时停顿下来,铁轨闪烁着暗暗的红光,我看到七英里宽的紫色平面上,涌来低低的骚动不安的光晕。倾听一个开拓文明的先锋城市像一个古老的城市一样在夜晚自言自语,真是令人敬畏!

这里到处都是铁路和十五年前做梦也梦不到的寻欢作乐的场所。我们费了好长时间才到达广阔的大草原,呼吸到其特有的新鲜空气。这里的空气与任何吹动的风都不一样;空间比任何空间都宽敞,因为它一直不受阻碍地通往北极,这片广大的平原坚守着自己不可思议的秘密,就像海洋和沙漠一样。

这里的人们不会推挤碰撞,而是放眼望去,想看多远就能看多远,或想回避谁就能回避谁,他们根据地势的起伏、沟谷、凸起和低洼,来随意形成他们的路程。

当纯粹的空间和高阔的苍穹变得让人难以忍受时,土地给人们提供了小池塘和小湖泊,岸边长满柔软的草丛,人们步入水中,消遣娱乐,满足于这些可把握的小型空间和景致。大多数女人都在池塘里,大多数男人都在高处和平地。有一次,一个女人沿着一条两边黑土翻滚的金

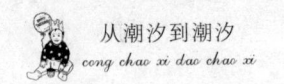

色大道,驱赶着马车从天边向我们飞驰而来,在我们面前戛然而止。马停在我们车前时,她神秘地向我们点点头,给我们看臂弯里的一个婴儿。无疑,她是一个流放的女王,正在往北逃奔,要去建立一个王朝,创办一个国家。大草原使一切都那么美妙!

目力所及之处,他们都在铁路两边或干脆在轨道上给小麦脱粒。因此,由近及远,沿着一堆一堆山一样的谷壳,脱粒机的烟雾整齐有致地升起——到处可见这样的场景:一台机器,一座房子,一堆谷壳,一片等待脱粒的小麦。这样的场景不断重复,延伸多远,不能目测。我们经过一连串几乎相互触及的小镇,这里偶尔一两个小棚屋给我留下了印象;我们还经过较大的镇子,曾经只是由一个刻着名字的木板、一条铁路侧线,和两个西北巡警构成。曾几何时,有些人宣称特定的纬度以北,小麦是不能生长的。现在,小麦和我们的列车齐头并进,望不到头。铁路向北延伸二三百英里远,为种植小麦的土地运来需要的人力;再往北去,大干线长驱直入,把几千英里的区域变成文明的远郊区,铁路支线远抵道森城和哈德逊湾。

"到北方去看看!"铁路上的人们喊道。"你刚到达这里的边缘。"我更愿意沿着老路,张着嘴观看从上次我经过这里之后创造出来的奇迹。外表装饰华丽、内部空洞无物的老旧的西部旅馆消失了;取而代之的是五层的砖或石结构的房屋,以及与之匹配的邮局。偶尔,一些旧的

给家人的书信

残余还滞留不去,给老熟人留下些标记,但常常,你得从一英里远之外往后看,就像在灯光前举着重写羊皮纸卷,才能辨认出原来的起步阶段的线条和轮廓。每个城镇都为与之相连的广大农业区供应给养,每个镇子的学校运动场上都树立着高高的旗杆,顶端飘着加拿大联邦旗帜。就我所能理解,学生得到的教育是,他们既不要恨,也不要鄙视,也不要乞求他们的国家。

我悄声对一个人说,我有点厌倦了,连续三天看到的都是小麦,还有看到农场主用干净明亮的麦秆儿作燃料,并且把谷糠堆点火烧掉,感到震惊。"你太落后于时代了,"他说,"果业、牛奶场,以及混合型农业到处蓬勃发展,更不用说西部的灌溉工程了。长远来讲,小麦不是我们唯一的庄稼之王。等着瞧,好戏还在后头。"我遇到一个身份为本地贸易委员会(所有的镇都有这么个委员会)委员的先知和传道人。他一定要向我展示他所在地区生产的蔬菜,都整齐地堆放在靠车站的小卖部里。

我想虔诚的托马斯·塔赛尔应该会喜欢这个家伙。"上帝,"他说,每挥动一下手势,就送出一本小册子,"并不打算这一地区永远种植小麦。不,先生。我们的工作是走在上帝的前面——用混合型农业迎接她。你对混合型农业感兴趣吗?哼!太遗憾了,你错过了我们的水果蔬菜展。它吸引了人们,混合农业确实吸引了人们。我不是说小麦在未来会前景不妙,但我断言混合农业更便

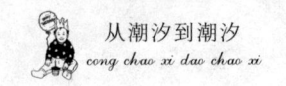

于人们社交,有更多的利润。我们被小麦和牲口催眠了。我认为,汽车在短时间内还不会普及——我告诉你的只是我的想法而已。"

他连续不断地用了十五分钟,为我讲述了混合型农业的浓缩精华版,穿插着有关甜菜的演讲(你知道他们在阿尔伯塔造糖吗?),他还谈到农场的农家肥,那是所有蔬菜的"黑色母亲"。

"我们现在需要的,"临别时他喊道,"是人——更多的人。是的,还有女人。"

他们急需女人做家务,尤其是在疯狂忙碌的收获季节——他们需要女仆在家中,在挤奶场和养鸡场帮忙,直到她们结婚为止。

这样的一种势头已经形成;一个满意的移民从英国吸引招募来其他的人;如果把浪费在"社会改革"中的精力的十分之一用于体面的思考和监督移民工作,我们可能已作出些值得谈论的业绩(工会还没有反对人们来田地工作)。至少,那些只管工作而不组成所谓的委员会的种族像英国人一样快地进入了这个国家。看到外来的异族人公正地拿走这大好财富和健全生活的一部分,让人嫉妒和害怕。

沿路而下有一个镇,大约二十年前,我第一次听到一个破产的淘金者谈起它。"年轻人,"他说,用一个职业预言家的口气,"你会在有生之年听到那个镇子的大名的。

它是生来的幸运儿。"

后来我看到这个镇——它位于高架桥边的一条支线上,在这里,印第安人出售珠子装饰的工艺品——时光流逝,我认为那个老流浪汉的预言成真了,这个大河边上的小镇交上了一些好运。我这次旅行就是为了证实这一事实。这是一个美丽的六千人口的镇子,位于铁路的交叉点,旁边是一架高高的铁桥;车站旁边有一个树木茂盛的公共花园。一群兴高采烈的男女——其神情和眼光,以及其友好态度,一看就知道是我们的兄弟姐妹——驾车而来,给我们带来了从未经历过的一天。

"关于好运是怎么回事?"我问道。

"老天哪!"一个人说。"你没听说过我们的天然气吗?——世上最大的天然气田?噢,来看看吧!"

我被簇拥着来到一个圆形房屋,里面满是发动机和大型机械,全部由天然气驱动,闻起来有点炸洋葱的味道。天然气喷出地面时,压力有六百磅,经过阀门的调节,减至四磅。天然气资源足够供应一个大都市。想象一下,一个城市的供热和照明系统——更不用说什么电力——所需的花费不过是铺设一些管道!

"事情的发展还有什么限度吗?"我追问。

"谁知道?我们只是开始。我们将带你去大草原上看一个砖瓦厂,也是由天然气驱动。不过现在,我们想先带你参观一下一个宠物农场。"

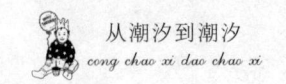

从潮汐到潮汐
cong chao xi dao chao xi

汽车队呼啸而去,像一群燕子一样,在宽得任你想象的路上飞翔,飞向一片非洲大草原一样的旷野。一位骑警少校,曾在布尔战争中服役一年,告诉我们,南非的鸵鸟农场篱笆和或坐或跑的獴如何让他思念家乡路边的囊鼠,以及此时正从我们身边奔驰而过的无边无际的用铁丝连接起来的木篱笆。

"毕竟,"少校说,"没有什么地方可与这里相媲美。我已经和这片土地打交道三十年了——从这头到那头。"

然后,他们指向四面八方——五十英里范围内,他们能说出任何地方的名字。

我们要参观的农场主人带他的家人去教堂了,我们不怀恶意地溜进门,进入了那寂静整洁的房屋。谷仓井然有序,一大堆古铜色的小麦,堆在两座山一样的金色谷糠之间。我们每个人都捏起几粒,做了一下估价——这堆麦子肯定值几百个金镑。我们绕着麦堆,坐在农用机械上,周围是紧闭的房屋所滋生的寂静。我们好像听到慷慨的大地已经为来年的丰收做好了准备。没有风,只不过是整个水晶一样透明的空气在微微移动罢了。

"现在,我们去砖瓦厂!"他们喊道。它在很多英里之外。通向那里的道路经过一个令人难忘的陡坡,陡坡下是一条宽阔的河流,哗哗奔淌在土堆之间。一个老苏格兰人,穿着高及臀部的防水裤,控制着一座浮桥,浮桥绑在铁丝上,随激流上下起伏。粗心大意的汽车趟过一英尺深的水，颠簸着驶上渡桥。不放松一丝一毫的老苏格兰人庄严地把我们摆渡过黑暗宽阔的河流，到达对岸。我们回头瞭望那个幸运的小镇，讨论着它的未来。

"我认为从我这里看它最美。"一个人说。

"不对，是从我这里。"另一个人说，他们的声音因提及它的名字而变得温柔。

接着，我们连续一个小时奔驰在真正的大草原上，黄绿相间的大平原纵横着北美水牛留下的足迹，那对汽车弹簧一点都不好。最后，我们看到地平线上凸起一个孤立的烟囱，就像海洋上的一根桅杆。这里有更多无忧无虑的男女，一个工棚，一两顶帐篷，一台制造砖块的机器，一个十五英尺平方的竖井，深入土层达六十英尺，以及赤裸裸黑魆魆的天然气井管道。除此之外，就是大平原——地球蜿蜒的曲线——和一些小灰鸟的呼叫。

我想，再也不会有比这更简单、更大胆、更令人印象深刻的了，这时，我看到一些妇女身着漂亮的衣裙，凑过来看嘶嘶叫的天然气阀门。

"我们认为这个东西很有趣。"所有这些快乐的人们都说，说说笑笑，杂谈闲聊之中，他们谈到他们自己的镇子和别的镇子计划要建筑的项目，需要各种各样的砖头。他们说出的工厂产量和开支的数字让人吃惊得喘不过气来。对眼睛而言，这只不过是一件新奇之事或美味的野餐。它实际的含义是一些人正在改变方圆百英里范围内

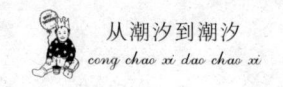

文明的构成材料。我感到我也在为城市的蓝图出谋划策,那个生来幸运的小镇将来无论变成什么样子,我都要声称有我的一份贡献。

但是,没有足够的版面来描述我们如何胃口大开,吃了一顿烹调艺术家制作的大餐;我们如何飞奔回家,以孩子从未听说过,和大人不应该尝试的速度;汽车如何蹲踞在浅水处,盲目地向浮桥冲去,逗得老苏格兰人笑起来;那些马如何把汽车拉上沙岸,到达城里;在那里,我们如何遇到人们穿着最好的周日服装,或步行,或赶马车,于是,我们也振作起来,做出一副有德行的样子;我们快乐的伙伴们如何突然而静静地消失了,因为他们想他们的客人可能累了。我无法表达我是如何看待这中间纯粹不负责任的嬉戏成分,其中的关爱,以及精致地贯穿始终的愉快而有创意的殷勤款待,就像我无法描述我们离开前平静的半个小时——当伙伴们凑在一起说再见,当年轻人成双成对地走在街上,当从不熄灭的天然气灯闪耀着,给树叶涂上一层戏剧般的绿色。

最终是一位妇女,从阴影中说出了我们所有人的感受,"你瞧,我们只不过爱我们的城市。"

"我们也爱这个城市。"我说,话音逐渐消失在我们背后。

山峦和太平洋

　　大草原的尽头是卡尔加里的牧场、磨坊、啤酒厂，以及三百万公顷的灌溉工程。把木材从山区漂流到城镇的河流与大草原上的河流不同，既不悄悄地滑行，也不沙沙作响，而是喧闹着淌过鹅卵石，其略显绿色的水质暗示其含有融化的雪水。

　　我所看到的卡尔加里就是那生动的半小时的浓缩（汽车是为在新城市里奔跑而发明的）。奇怪的是，几星期以后，我是在北海的船上从一个年轻的丹麦人那里偶然听到关于卡尔加里的事情。他有点忧虑不安，但他一系列成功的经历鼓舞着他。

　　"三年前，我坐着客轮的三等统舱来到加拿大。我得学习新语言。看看我！现在，我在卡尔加里有自己的乳品生意，再看看我！我有半平方英里，就是说，三百二十公顷的土地。全是我的！现在，我是乘坐头等舱回丹麦过圣诞节。回来时，我要带一些国内朋友来加拿大，去卡尔加里附近的灌溉区种地。噢,我告诉你,对一个喜爱工作的人来说,加拿大没什么不好的。"

"你的朋友会来吗?"我询问。

"你猜对了,他们会来。一切都安排好了。我敢打赌他们现在已做好准备了;三年后,他们就会像我一样回丹麦过圣诞,坐头等舱。"

"你认为卡尔加里将继续往前发展?"

"你又猜对了!我们只是处于开始阶段。看看我吧!我还在卡尔加里养鸡呢。"等等,等等。

在连续不断地倾听了物质财富的神话故事之后,进入巨大丘陵地区的寂静之中,让人心情放松,虽然,它们也在文明的开发计划之内。山坡上砍倒的树木颠簸着冲下激流,将被锯成建筑木材,销往世界各地。英国的某座别墅的木制品可能来自帝国统辖的多个地方,就像它的主人的收入一样。

火车爬行在蜿蜒的山道上,鸣着笛保持精神振奋,直到来到真正的大山跟前,它才显出它的卑微。这些大山是喜马拉雅的兄弟,覆盖着松林,头顶着白雪,是一群不友善的家伙。

人们在一些大山的侧翼开矿,并相信现代科学能帮助他们成功。不久前,一座山跪下了,把一个小矿村压在膝下,就像一只大象跪下一样。不同的是,这座山从未再立起,于是,那个露营地的一半就从地球上永远消失了。另

给家人的书信

外一半依然存在——但无人居住。即使是"瞎了眼的野蛮人也不敢随意在这里动一镐头"。一个不知名的大学里的饱学之士曾经对铺设喜马拉雅——西藏线路的工程师说——"你们这些白人因为看不到应该看到的而最终难有所获。你要么从路上掉下去,要么路坍塌在你身上,你死了,而你认为那不过是个事故。如果架桥和从事公共工程前,我们被允许正式地把一个人祭献出去,我们就会变得聪明多了。如此,本地的神灵就得到正式的认可,不再制造任何麻烦,而当地的工人,也会因这些谨慎措施而高兴。"

穿过落基山的路上,有不少的本土神灵:古老光秃的山峦,没有一点绿色残余,包裹在皱褶的银色岩石之中,其上的景致仿佛处于精神错乱状态;发疯的长角的大山,环绕着颤动的薄雾;路旁低着眉弯着肩的托钵僧一样的山体,在年年不断加厚的冰川下面打坐;有些山阳面美丽,阴面满是不见阳光的裂缝,裂缝里去年的积雪被今年的尘土和森林大火的烟雾染得黢黑;融化的水滴通过不稳定的土石坡渗透而下,到了某个特定的季节,整个半英里长的底部被掏空的斜坡开始滑动,令人恐怖地咆哮着跌入山谷。

铁路在山中蜿蜒进出,偶尔有一些难以解释的迂回和转折,就像一只鹿在林中空地行走,一会儿侧身而行,一会儿紧张地穿过平坦的路径。只有当火车转过一两个山

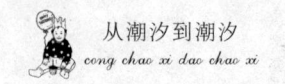

肩,你往后或往上瞥见一些险恶的陡坡之后,才意识到为什么火车不走峡谷对面那条看上去容易的路。

时不时地,山体分离,中间养育着黄金般的谷地,溪水缓缓流淌,草场肥沃,高处像公园一样,一个小小的村子往往栖身其中,奶牛颈上的铃铛在浆果丛中叮当作响;那些从没见过太阳升起或落下的孩子们,对着火车叫喊;房子周围是真正的花园。

在卡尔加里时,是霜降时节,大丽花都死了。一天的旅程之后,旱金莲丝毫无损地开放在站台旁边,空气因来自太平洋的气息而显得凝重,有液体感。人们感到大地的精神随着山峦外形的改变而改变。弗雷泽河边较低处的景观让人感到,比起英属哥伦比亚,苏塞克斯高地似乎更接近草原的实质。火车上来自大草原的旅客注意到这一区别,山区的人们也坚持这一点。可能其根源来自那些奇怪的常绿植物的气味以及山脉以外看不到的苔藓:或者纯粹是那些峥嵘奇崛的亘古不变的沟壑与峡谷,对我而言,这种区别来自大海——大海一直延伸,冲向亚洲海岸——那连绵的山峦、矿产和森林的亚洲。

我们在落基山的高处休息了一天,参观了一座纯玉一样的湖泊,它把一切湖心的倒影都染成它自身的颜色。湖底的一个碎石坑里,一些棕色的死树头脚颠倒,看上去像忧郁的柏树竖立在绿草地上,积雪的倒影呈淡绿色。夏天,很多游客到这里来,但我们现在看不到任何人,除

给家人的书信

了神奇的湖泊静卧在周围的林木之中,林子里,红色和橘色的地衣在灰色和蓝色的苔藓中间生长;世界阒寂无声,除了水流急急穿过出口处一堆白骨般的圆木时发出的声响。这让人想起与西方毫无关系的西藏及那里人迹未至的深沟高壑。

我们的马车沿着狭窄的山路行驶时,看到一匹杂色的、眼睛瓷蓝的载重矮种马转过弯来,后面跟着两个女人,黑发,不戴帽子,穿着装饰了珠子的印第安女人传统的上衣,跨坐在马背上。她们后面跟过来一连串载重矮种马,在松树间小步疾走。

"迁移的印第安人?"我说。"多么特别啊!"

这两个女人摇晃着经过我们身边时,其中一个稍微转动了一下眼睛,毫无疑问,那是一双文明世界的白种女人的眼睛,富于聪慧,只不过转动在一张棕红色的脸上罢了。

"是的,"当马队消失在另一个弯道后面,我们的赶车人说,"那应该是某某某太太和某某小姐。她们每年来这里野营三个月。我估计,她们要赶在降雪之前返回铁路线上。"

"他们都去了什么地方?"我问。

"噢,任何能去的地方。如果你问的是她们刚刚从何而来,从远处的那条小路。"

他手指着对面山上一条头发丝一般细的缝隙,那是条

从潮汐到潮汐

适合马队行走的山路。当天晚上,在一个豪华旅馆里,一个穿着漂亮连衣裙的细长女人,正在翻阅相册,那双位于梳得一丝不苟的头发下面的眼睛,正是那位身着印第安服装,挥鞭赶着花斑马,从我们身边经过的女士的眼睛。

赞美归于造物主,因为他创造的生物是如此多样!但是,你还知道有哪个国家,在那里两个女人可以艰苦跋涉于荒野达三个月之久,绝对安全而舒服地拍摄照片?

这些大山离伦敦只不过十天的旅程,越来越多的人用之作为游乐场所。有些最令人意想不到的人干脆在英属哥伦比亚买个小果园,以作为每年走访这片美丽土地的借口,他们又引诱了更多的英国人来这里。这是与常规的移民潮分离的一股支流,起到为这片土地传播名声的作用。如果你要求一个国有铁路公司在吸引游客方面做一些投资,铁路委员将向你证明这不会成功,而且花费纳税人的钱去修建一流的旅馆也是不对的。然而,南非可能被开发成旅游胜地——只要铁路和轮船公司有信心。

经过思考,我想我不该过高地估计英属哥伦比亚的价值。也许我的判断有误,也许它被有意地歪曲报道了。但是,我好像听到发生在它边界的"难题"、"危机"和"严峻局势"比任何其它地方都多。就我的所见所闻,目前最急迫的难题是如何找到足够的男人和女人来做手边大量的工作。

伐木、采煤、矿产、渔业、水果种植、奶制品业及养禽

给家人的书信

场都处于极适宜的气候环境中。天空与大地的自然美与这些慷慨的天然馈赠协调相称;再加上几千英里长的从事海岸贸易的安全水上通道;不需要疏浚的深水港;巨大的不结冰港口的基础工作——以及占世界一半的对亚洲贸易权。三文鱼、鳟鱼、鹌鹑和在郊区玩耍的野鸡既可以为人们提供娱乐,也可以满足他们的口味。稍微动动斧头和给道路铺上碎石,就创造出热带地区以外的最可爱的绿水环绕的公园。有的城镇则拥有上百个小岛、山丘、林木茂密的水湾、长长的海滩、幽谷,其布局明显地适宜野营、野餐和划船活动等等,气温从不太热也从不太冷。如果他们从自己亚热带的花园里抬头望一望,就能看见蓝色海湾对面的雪山的山顶,那对灵魂来说肯定有益。虽然他们面对一片海域,那里可能有时发生异常现象,但他们从未被迫去保护或巡逻这片海水。他们根本不知道干旱、瘟疫、蝗虫灾害和植物枯萎病,他们也不了解贫困和恐惧的真正含义。

这样的地方对一个精力充沛的人有益。对懒汉而言也不坏。如上所言,我已听了一耳朵有关这里的缺陷的话。我被告知任何职业都有不确定性;即使一个人在一年的头六个月挣了大钱,如果尔后的六个月失了业,社会还是要照料他。我不应该被有利害关系的人(那意味着,我遇到的几乎每个人都是)所描画的黄金图景欺骗,因此,我应该充分考虑到困扰那些打算移民的人们的困难

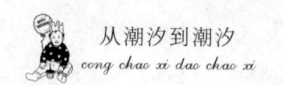

和挫折;如果我打算移民,我将承受巨大的不便才能进入英属哥伦比亚;如果我富有,在英国以外又没有财产,那就快快在那里买一个农场或房子,纯粹为了享受。

我忘了在热诚地相信这片土地的人们之中,存在着那些阴郁的无幽默感的反叛者;这一记忆在我的嘴里留下了一种坏的味道。城市,就像女人,应特别小心让什么样的人去谈论她们。

时间已把温哥华改变得面目全非。从车站到郊区,再到码头,每一步对我都是陌生的。我记忆中的空地和未被染指的林区,现在有轨电车来来往往,把人们送到长曲棍球赛场。温哥华已是一个有年头的城市了,因为就在我到达温哥华的前几天,温哥华之子——即第一个出生在温哥华的婴儿已经结婚了。

一艘蒸汽轮船——我曾在南非塔布尔湾见过的那种——刚把几百个锡克人和旁遮普人运抵港口,每个人都肩扛或手提着行李卷。这一伙人紧张地走着,保持着军人的步法,因为许多人曾当过兵。是的,他们说他们来这里是为了找一份工作。他们在印度老家的村子里就听说,这里工作易找,薪酬优厚。比他们早来的兄弟和老乡写信告诉了他们这些信息。是的,有时缺乏旅费,但旅费可以先欠着,将来从工资里扣除。有没有利息?当然有。有哪个国家的人借钱给你却不要任何回报?他们在等待他们的兄弟老乡来告诉他们在哪里吃饭,怎么工作。此

给家人的书信

外,这是个新国家。他们对她一无所知,怎么能发表任何意见?不,这个国家一点都不像古尔冈、沙普尔,或贾朗达尔。那里瘟疫流行。瘟疫从每一条路进入旁遮普邦,很多很多人都死了。有些地方,庄稼颗粒无收。听说加拿大工资这么好挣,他们就乘船来了,为了填饱肚子,为了钱,为了孩子。

"你们还会回去吗?"

他们咧嘴而笑,用胳膊肘相互推撞着。这些先生们似乎不太理解我的问题。他们来这里只是为了钱——卢比,应该说是美金。旁遮普才是他们的家,他们的村庄,他们的家人在等待他们。毫无疑问,他们将来要回去。这时,他们在磨坊工作的兄弟来了——这些兄弟摆出一副身着成品衣饰、抽卷烟的都市人的样子。

"这边走,唉,你们这些人。"他们喊道。行李卷又扛上了肩头,带头巾的这伙人消失了。我能听到的最后一句话是用真正的锡克语说的:"钱的事怎么样,我的兄弟?"

一些旁遮普人已经发现,到新世界捞钱的代价挺昂贵。

有个在锯木厂工作的锡克人,在老家时是山区养鸡场的司机。他来自印度北部的阿姆利则。(啊,在一个陌生国家听到一个熟悉的名字真像在干燥之地饮到凉凉的水一样愉快!)

"你有退休金呐,为什么你要来这里?"

"老天爷!因为我太糊涂了。还有就是因为阿姆利则

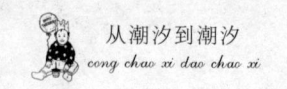

的流行病。"

（一百年以后的历史学家将因此而写出一本瘟疫如何带来经济改变的书。在英国，就有很令人感兴趣的关于黑死病对社会和商业影响的研究。）

一个码头上，大约三十个锡克人正在等轮船。他们中的许多人还穿着旧军服（那是不允许的），亮开嗓子大声交谈，因此屋子里回荡着他们的声音，就像印度的一个火车站。我建议如果他们谈话声音低一点，生活就会更轻松一些，这个建议立刻被采纳了。然后，一个佩戴英属印度勋章的年长的军官充满希望地问："有没有要我们向哪里行军的命令？"

唉，没有——什么都没有，除了一番好意和问候，他们按四人一组大踏步而去。

据说，温哥华那场小小的暴乱发生时，其他亚洲人邀请这些印度"异教徒"加入他们抵抗白人的队伍，他们拒绝了，理由是他们是英国国王的臣民。我疑惑他们都告诉家乡人一些什么样的消息，那些家乡人又是如何谈论这整个事件的。白人忘掉了一个事实，帝国的任何一部分都不可能独立地存亡。

我这里恰好有一个对此有趣的例证。在温哥华和维多利亚之间的海水中，大量的鲸鱼欢快地跳跃在航船的周围。因此，附近的一个岛上有个鲸鱼加工场，我有幸和一位股东到那里走了一趟。

给家人的书信
gei jia ren de shu xin

"鲸鱼是美丽的动物,"他怀有感情地说,"我们多年来和一个苏格兰公司定有合同,供应他们鲸油。鲸油被认为是涂敷马具的最好材料。"

他接着告诉我,捕鲸船如何迅疾快捷,携带着捕鲸炮,炮弹在鲸鱼体内爆炸,因此中炮者当场死亡。

"如果不是我们,古老的用鱼叉叉鱼和用渔船拖网捕鱼的行当将继续存在。我们把它们全终结了。"

"你们如何剥皮?"

好像快船同时携带着一个大气泵,把气体打入鲸鱼尸体内,让它圆圆地膨胀起来,以便于剥皮剔肉。一艘船有时一天拖回加工厂四头鲸鱼之多,鲸鱼加工厂满是现代化的机器设备。鲸鱼被拖拉到斜面上,锯开分解,大量未能制成苏格兰马具涂料或不能制成鱼干销往日本的材料,将被转化成上好的肥料。

"没有任何肥料可与我们的媲美,"这个股东说,"因为鲸鱼骨头丰富。唯一让我们头疼的是鲸鱼的皮,但我们已经发现一种方法,把它们做成地板革。是的,它们是美丽的动物。那个家伙,"他指着一个被水冲洗的黑色隆起物说,"将创造一个奇迹。"

"这样下去,总有一天,你们一只鲸鱼都不会剩下。"

"是这样。但这个生意有百分之三十的利润,而且,几年前,没有人相信你担忧的事会发生。"

因为最后的一句话,我原谅了他。

结　论

　　加拿大的魁北克和维多利亚拥有两根支柱：力量和美。前者属于那种原创性的城市行列——没有人可以说，"这个地方让我想起某某地方。"要理解和把握维多利亚，你需要把伯恩茅斯、托基、怀特岛、香港的跑马地、杜恩、索伦托，以及坎普斯海湾最好的方面集中在一起，再加上些千岛群岛的特色景观，然后把所有这些都沿那不勒斯海湾布局排列，背景再包含一些喜马拉雅雪山的风情。

　　房地产经纪人把她比作英国的缩影——维多利亚城屹立在一个大小相当于大不列颠的岛上——但是，她周围海洋的环境与英国如此不同，她面向的大洋又是如此充满了神秘性。漫长的海滩之上，高高的寂静的暮色来自古老的东方，悬垂在天空的曲线之下。即使是在十月，太阳也暖暖地升起。大地、天空和海水就在每个人的门外，随时等待人们出来玩耍、享用。虽然其它城市享受不到这里不朽的自然之美，但那里的人一旦有了钱就来维多利亚旅行、度假,并用宗教皈依者的热情宣扬和保护她的美。

我们去参观一个航海博物馆,这里曾经是英国海军的埃斯奎莫尔特基地。通往那里的道路沿着水边或公园蜿蜒行进,比英国的小巷子还可爱,每一条路都是一块风水宝地。

"大多数城市,"一个人突然说,"按直角来设计布局道路,我们只在商业区那么做。你认为如何?"

"我想某一天,一些大城市仅仅为了换换口味的缘故,就要花费大钱去修建曲线式道路。"我说,"你们有钱买不到的东西。"

"从外地来维多利亚城居住过的人都这么说。他们有经验。"

想象一个西方的百万富翁,饱受直角的、方形的文明折磨之后,向维多利亚人证实弯曲的道路能让风景不断转换,让眼睛得到休息,是多么令人忍俊不禁的事。

当晨雾从轮船济济一堂的港口褪去,你会看到一个场景,港口这边是议会大楼,另一边是宏伟的旅馆,这是人工建筑和海岸线地理特征巧妙结合的典型范例,值得细细一看。旅馆刚刚完工。女士休息室的面积大概在一百英尺乘以四十英尺,石膏天花板呈拱形,上面满是蕾形花饰、阿拉伯花纹和相互交织的图案,看上去很眼熟。

"我们在《乡村生活》杂志上看到过一幅画作的照

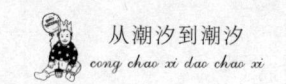

片,"承包商说,"这个房间好像恰恰需要这样的东西,于是,我们中间的一个泥水匠,一个法国人,就仿造了它。它很恰如其分,不是吗?"

大约高贵的原作在英国公开展览的时候,德里克可能一直在维多利亚海岸附近扬帆行驶呢。所以,维多利亚合法地拥有这幅画作的版权。

我确实曾尝试过描绘这里城镇和岛屿的色彩、喜庆气氛、亲切友好的人们,但最终仅仅堆砌了一些难以令人置信的形容词,因此,我只好放弃描写那些奇妙非凡的见闻的努力,并后悔浪费了我和你的时间去倾听那位眼神焦虑的绅士谈论什么这里的"缺陷"!从一份报纸上剪裁下来的一篇韵文似乎概括了他们那类人的态度:

在几乎没有闲暇之地
事情被做成了。
在缺少享乐之地
往往充满乐趣。
在麻烦多多之地
人们该笑就笑。
但总有些人哭号抱怨
在好得不能再好之地。

在我旅行的每一步,都遇到人提醒我,我看到的不是真的加拿大。从北方来的沉默的矿工；不久前从英国公立学校出来的铁路工头，才二十八岁的维伦纽夫镇最老的居民，一些住在大草原，设法得到了乐趣、友谊和金钱的英国人，一心一意种植小麦和养牲口的人，选举代理人，昏暗的路边小火车站台上庄严的骑警，依赖公众意志生存，谈话就像行走时一样优雅的官员，古怪的不说英语的人——都在餐车里大声地告诉我，要我理解——我想用这样的旅行认识加拿大就如同为了解伦敦坐公共汽车在斯特兰德大街跑一趟一样，我知道他们的感觉。

但我有我的理由，即自己的骨肉同胞比任何其他人都让我感兴趣，我生来拥有了解他们和他们生活的权利，就像他们拥有对英帝国版图内任何其它地方的知情权一样。因为他们是英联邦之内的人民，所以我的权利不言自明。几年前可能不是这样。你可能误读许多路标，但你绝不会误解那种清醒完满的民族精神，这种精神从大地的这边弥漫到另一边，就像嘈杂商店的背景中隐约而来的那欢快的巨大发电机的轰鸣声一样。由于许多原因，这一精神姗姗来迟了一点，然而，由于它诞生于琐碎的争执、怀疑、公开的和掩饰的轻蔑之后，它在无限的财富和奢华之中误入歧途的危险也相对小一些。人民、学校、教会、新闻出版，尤其是妇女们心照不宣地理解，他们的国家必须从行为、语言到思想都奉行法治。这是他们的阶级标志，与上帝订立的契约，他们之所以成为他们的理由。不论是在法庭陈列着警察犯罪记录的大城市;不论是在广阔天地的西部小镇,那里人们目前的生活和财产同未来一样自由和安全;不论是在因一夜暴动而感到烦恼和羞辱的沿海城市(那不是我们的惯常行为,先生,不是!);还是在山区,执法官员小心谨慎地追逐罪犯,并把他们绳之以法;不管是秩序井然的草原,还是贫瘠的荒地,只要有一个白人在,我以上提到的民族特有的无情的法治精神就跟到哪里。这种精神并不喜欢诉诸太多的语言,但有时在亲密的交谈时,你会惊鸿一瞥那内在的火焰,燃烧得灼热的火焰。

"我们并不想消除文明。"一个和我谈论此事的人说。

这是自始至终的答案——是事物的基调和说明。

除此之外,加拿大人就像我们一样,有时候回避或拒绝一个浅显的问题。开发国家的责任永远是当务之急,一旦触及他们需要认真考虑一下国防问题的时候,他们就支支吾吾,幼稚地期待奇迹的出现——和帝国处理此类问题的方式如此相同!所有人都承认加拿大富有,没有人承认她虚弱;极少数人宣称作为一个国家她将很快停止存在。加拿大人对此的答案是,加拿大通过开发自己资源的方式向母国英格兰尽义务;军费太高了,因此养育一支军队根本不应考虑;她正在慎重考虑一个杰出的国防计划,不能太匆忙,更不能听任别人的指使;这个如此文明的区域所需的只是一点聪明的外交;即使邪恶的战

给家人的书信

争真的爆发了,车到山前必有路,总会有办法的。最后,结束语经常是对战争的不道德性的长篇大论的谴责,其热忱达到这样的地步:好像携带一只和平鸽穿过街头就可以平息瘟疫。

加拿大面前的问题不是要么想出办法,要么付出代价,而是什么样的敌人会侵略她。如果她继续富裕而保持军事上的虚弱,总有一天,有人会以这样或那样的借口来攻击她。那时,她和她的精神,连带她的旗帜将会滑落下沉,委身于泥土。

"那太荒唐了,"总是这样的回答,"即便是为了自己的利益,英国也不允许其发生。你所说的是以英国的崩溃为前提的。"

不一定。没有什么比走路时被绊跌一下更糟糕的了;英格兰绊一下脚,整个帝国都跟着颤抖。加拿大的弱点是人力不足,英格兰的虚弱之处在于选民过分要求国家照顾他们的生活。他们大声反对把钱用于他们自身福利之外的任何事务;由于在帝国一体化的过程中,需要花钱在海军舰队和陆军身上以保护英联邦各国的安全,他们就争论说,如果帝国解体了,军备就不存在了,那么,省下的钱就可以让他们的生活更舒适一些。他们以自己是帝国公开而有组织的敌人而骄傲,而这个帝国却在将来会给予他们更多的健康、富裕和权力,比他们的选票在英国所能获得的多得多。然而,他们的领导需要他们的选票,

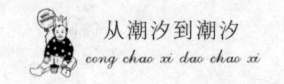

需要他们的怒吼和不满来巩固这些领导在市政和议会中的职位。没有工程师会减少他自己锅炉里的蒸汽动力。

因此,没有人告诉他们真相,除了帝国遗产是邪恶的之外,他们也所知甚少,于是,他们被局限于所居住的城市和他们选举的官员给他们的承诺——免费日常用品和娱乐项目的定量供应。如果帝国的某个部分受到威胁,他们不会促使英国出人出钱,即使这完全符合他们自己的利益。结果是,联邦帝国里的成员国最好强壮到能自己抵挡战争开始的进攻,不需要外部帮助,坚持到不得不求助于英国的时候,即选民允许英国出手支援的时候。

为达到这一目的,在天下尚和平之时,每年迫切需要输入大量人口——忠诚,清白,有公民经历的男人和懂得牺牲的女人。

那些建议由邻居来养活他们的先生们现在成了我们有用的朋友,因为他们让英国的刚好在他们之上的工作阶层感到不安了,这个阶层还没有因国家资助的懒惰和政府担保的无责任感而腐化堕落。英格兰还有几百万这样认真沉默的多数,他们习惯于亲手供养自己的子女,教育他们敬畏上帝,不贪图自己劳动所得之外的东西。几年前,这个阶层根本不想有什么转变;现在,他们也感到社会总体的焦虑不安。他们的生活离社会的脉搏很近。来串门的朋友开玩笑一样地,或带着恐吓地提及,一个对于辛勤工作者不利的时代正在到来。这样的前景既不让他们感到合理，也对他们的储蓄账户有损。他们听到——他们不用阅读——星期天早晨街上的激进演讲。他们的当务之急就是绕过这样的集会，送孩子去周日学校，以免他们从街上捡到亵渎神的脏话。当小商店抽屉里的现金被抢劫，当那些从没有过好的家庭异常残酷地向他们的女人征税，他们就知道了这个社会正在实行什么原则，因为他们承受了损失。如果有人静静地给这些人指出一条出路，他们中的很多人将聚拢他们的积蓄（他们比表面看上去富裕），悄悄地溜出这个国家。在英国的乡村和城镇，大家有一种感觉——还不是惊慌——即未来对于工作阶层或习惯于工作的人来说，相当不乐观。这都对我们有好处。

　　加拿大可通过系统地招募这些人来最佳地满足自身的利益和帝国的利益。现在，除了罗德西亚以外，南非是瘫痪了，澳大利亚还没有好好利用自己的和平环境。加拿大拥有百年才有的机会吸引优秀的人才和资金。而人比钱重要得多。刚开始，他们使用锄头可能没有比萨拉比亚人或布哈拉人熟练，也不能跟时髦的上流社会相比，但他们却有勇气、乐观的心情以及特定的持久的美德，这些品质不算是坏事。他们不会对国家生活漠不关心，也不会用陌生的语言向拜占庭的异教圣人祷告；曾经帮助他们在英国披荆斩棘的顽强和谨慎也将帮助他们在其它地方牢牢扎根。他们比任何别的人更可能携自己的女人

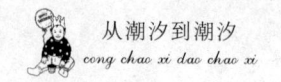

同往，而这些女人将创造神圣的独特的家庭。有一个谚语这么说，如果窗台上看不到坛坛罐罐的麝香，这个地区就不算真正地有人定居——窗台上的麝香就是一个英国家庭定居的确定符号。不能确定从汽轮上蜂拥而下的外国人中有多少有这样的品德。我们曾见过一场金融危机就让一大批外国人跑回他们发誓与之断绝关系的祖国。谁知道他们和他们那类人在真正的压力下会干出什么？因为他们的身体和灵魂里没有一种本能呼唤他们坚定地挺立，直到风暴过去。

  当然，整个事情的结论就是按照一个稳定的政策，用各种可能的方式把我们同种族的、同习俗的、同语言的、同愿望的人带入帝国的四面八方。时间不会给我们无休止的和平去繁殖增加我们的人口，但通过从英国汲取人才，可以快速地为整个帝国输血，并以此使她获得健康和清醒。帝国真正的敌人，不管内部还是外部，就是那个依赖国家达到自己舒适的民主，而正是为了他们，我们才迫切需要做以上的事。